澎湃野吉旅行趣 ❹

沖繩
我沖過來了！

澎湃野吉◎圖文　蕭嘉慧◎譯

＊前言＊

在這本書上市前，發生了不少事呢……

畢竟這本書可是花了**四年**的時光才完成的……

因此，

men-sou-re-

(歡迎光臨)沖繩

請大家慢慢觀賞唷♪

2011.06.07 Bon.

出場人物介紹

☆澎湃野吉（小澎）♂

本書作者。重度窩在家裡蹲。
只有帶狗散步以及為了取材
被硬拉走的時候才會邁出家門。
初次造訪沖繩。
另外，他是個讓人頭皮發麻的雨男。
不管是有事出門還是參加活動，
幾乎都會招致當地下雨。
這次也毫無保留地發揮了那股能力……
【專長】完全無視截稿日期。
整整四年每次催稿都音信杳然。

☆SUZU ♀

澎湃野吉的責任編輯。
無法接受自己被設定成貪吃鬼角色的貪吃鬼。
喜歡旅行。
興趣是帶著井上先生（猴子布偶）
一起去旅行拍照。
第二次造訪沖繩。
【專長】完食

☆金子 編輯。♀

不知為何被設定成惡魔，因此

講話像日文片假名一樣有稜有角。

傳說她比作者還要受讀者喜愛。

雖然是惡魔，卻很容易被騙。

第2次造訪沖繩。

而且，這個人也是雨女。（自稱雨男）

和小澎湊在一起時，催雨的功力

非常驚人……

【專長】

超弱。

總是吃個不停卻一點也不會發胖。

☆平田 編輯。♀

據說清醒的時候很有能力，

但大部份的時間都在睡覺。

不管參加取材旅行還是活動，

通通睡過頭，

所以準時登場時反而會讓人嚇到。

第2次造訪沖繩。

【專長】睡過頭。

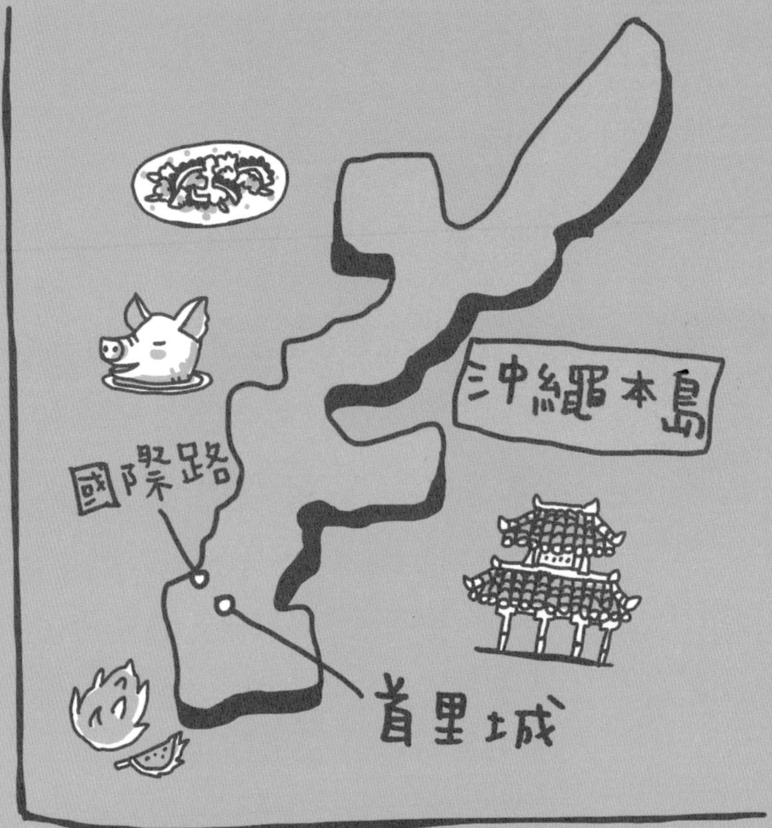
沖繩本島
國際路
首里城

全圖

沖繩 這次取材地點的地圖
與那國島
日本最西端
最西端
石垣島
竹富島
西表島
日本最南端
波照間島

目　　錄

※本書是將原本發表在角色書《BONte》系列（Goma Books發行）裡的連載的圖稿加以大幅增添修訂後的版本。內容主要是根據2007年11月的取材經驗，其中包含了主觀的見解和誇張扭曲的漫畫表現，敬請理解。另外，書中提及的「日本最西端」「日本最南端」則是以「一般人能抵達的範圍」為前提。

第一天
國際路與含淚的紀念章集集樂

1

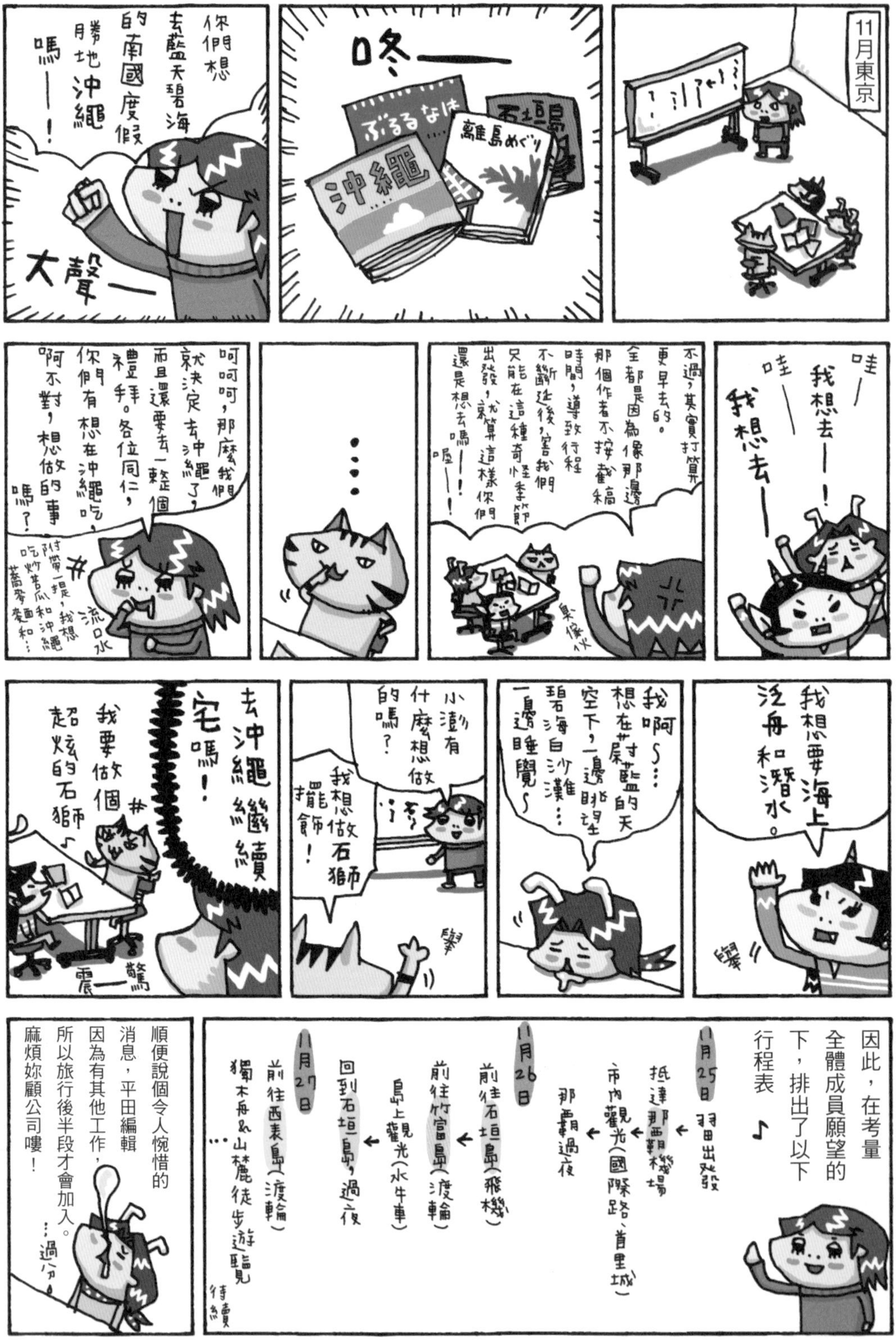
11月東京
咚——
沖繩
離島めぐり
你們想去藍天碧海的南國度假勝地沖繩嗎——！
大聲——
哇—我想去——！
哇——我想去——
不過，其實打算更早去的。全都是因為像那邊那個作者不按截稿時間，導致行程不斷延後，害我們只能在這種奇怪季節出發，就算這樣你們還是想去嗎——！
喔——！
臭傢伙
…
呵呵呵，那麼我們就決定去沖繩了，而且還要去一整個禮拜。各位同仁，你們有想在沖繩吃、啊不對，想做的事嗎？
#
流口水
附帶一提，我想吃炒苦瓜和沖繩蕎麥麵和…
我想要海上泛舟和潛水。
舉
我啊～…想在蔚藍的天空下，一邊眺望碧海白沙灘…一邊睡覺～
小澎有什麼想做的嗎？
我想做石獅擺飾！
舉
去沖繩繼續宅嗎！
我要做個超炫的石獅♪
#
震——
驚
因此，在考量全體成員願望的下，排出了以下行程表♪
11月25日 羽田出發 → 抵達那霸機場 → 市內觀光（國際路、首里城）→ 那霸過夜
11月26日 前往石垣島（飛機）→ 前往竹富島（渡輪）→ 島上觀光（水牛車）→ 回到石垣島，過夜
11月27日 前往西表島（渡輪） 獨木舟&山麓徒步遊覽 …
待續
順便說個令人惋惜的消息，平田編輯因為有其他工作，所以旅行後半段才會加入。麻煩妳顧公司嘍！
…過分。

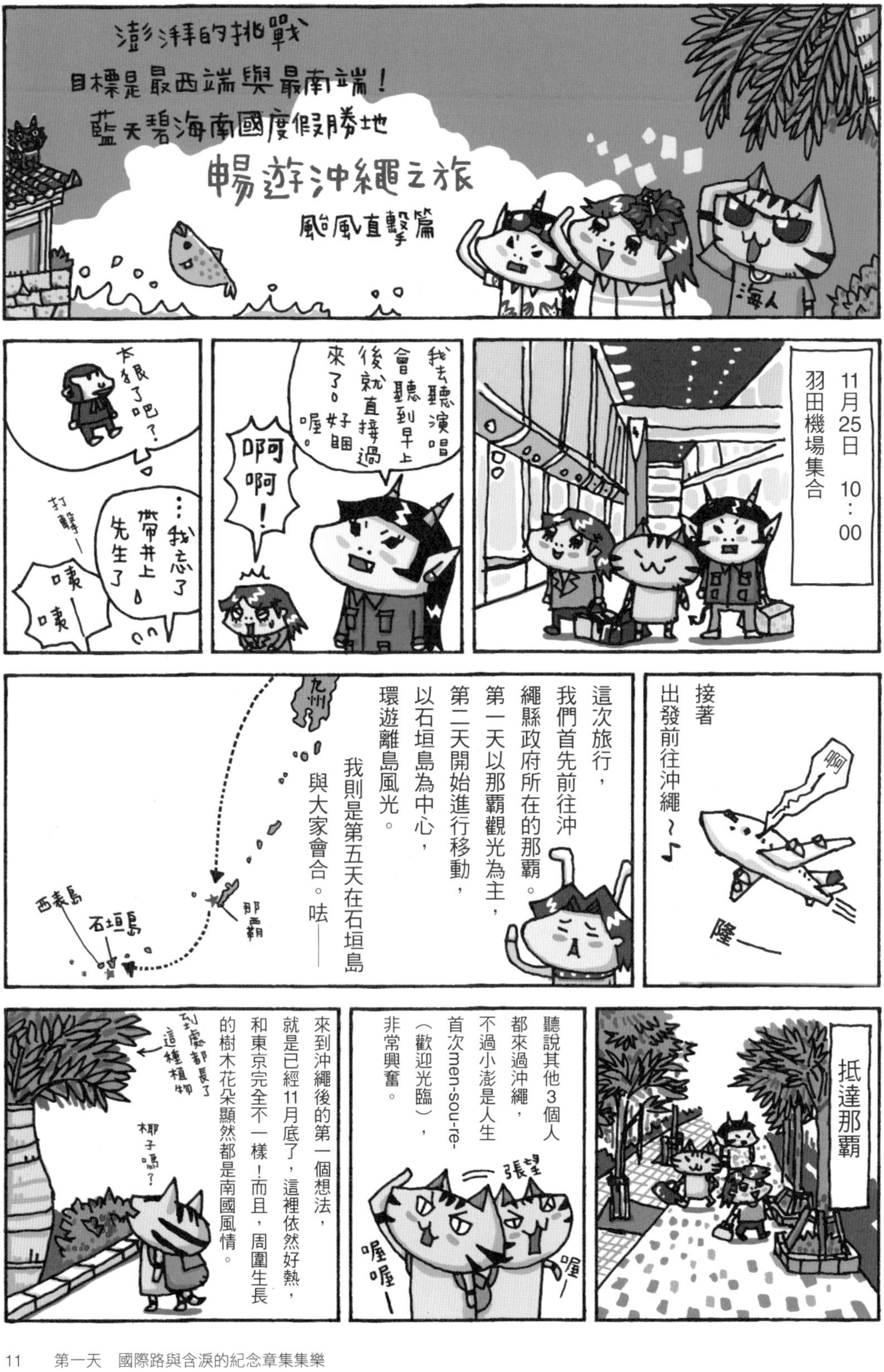
澎湃的挑戰
目標是最西端與最南端！
藍天碧海南國度假勝地
暢遊沖繩之旅
颱風直擊篇
海人
11月25日 10：00 羽田機場集合
我去聽演唱會聽到早上後就直接過來了。好睏喔。
呵啊！
太累了吧？
……我忘了帶井上先生了。
咦咦
打擊—
接著出發前往沖繩～♪
啊
隆——
這次旅行，我們首先前往沖繩縣政府所在的那霸。第一天以那霸觀光為主，第二天開始以石垣島為中心，進行移動，環遊離島風光。
我則是第五天在石垣島與大家會合。咕——
九州
那霸
石垣島
西表島
抵達那霸
聽說其他3個人都來過沖繩，不過小澎是人生首次men-sou-re-（歡迎光臨），非常興奮。
張望
喔喔—
喔—
來到沖繩後的第一個想法，就是已經11月底了，這裡依然好熱，和東京完全不一樣！而且，周圍生長的樹木花朵顯然都是南國風情。
到處都長了這種植物
椰子嗎？

編註：金子編輯雖然是女生，但之前的幾次旅行都被叫「雨男」，之後也自稱「雨男」了。

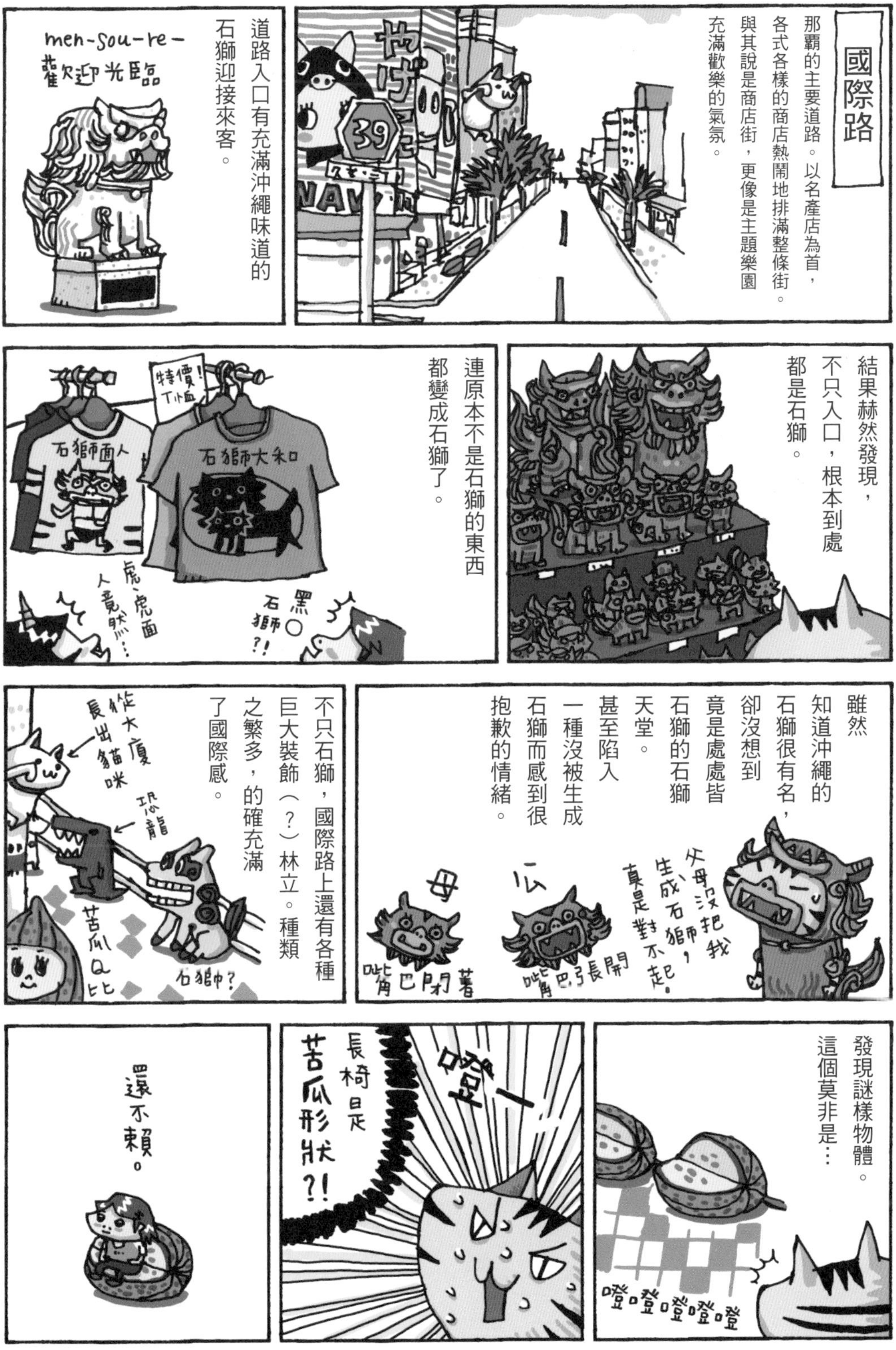
國際路
那霸的主要道路。以名產店為首，各式各樣的商店熱鬧地排滿整條街。與其說是商店街，更像是主題樂園充滿歡樂的氣氛。
道路入口有充滿沖繩味道的石獅迎接來客。
men-sou-re-
歡迎光臨
結果赫然發現，不只入口，根本到處都是石獅。
連原本不是石獅的東西都變成石獅了。
特價！T恤
石獅面人
石獅大和
虎、虎面人竟然……
黑○石獅?!
雖然知道沖繩的石獅很有名，卻沒想到竟是處處皆石獅的石獅天堂。
甚至陷入一種沒被生成石獅而感到很抱歉的情緒。
父母沒把我生成石獅，真是對不起。
公
嘴巴張開
母
嘴巴閉著
不只石獅，國際路上還有各種巨大裝飾（？）林立。種類之繁多，的確充滿了國際感。
從大廈長出貓咪
恐龍
苦瓜Q比
石獅?
發現謎樣物體。這個莫非是……
噔噔噔噔噔
噔—
長椅是苦瓜形狀?!
還不賴。

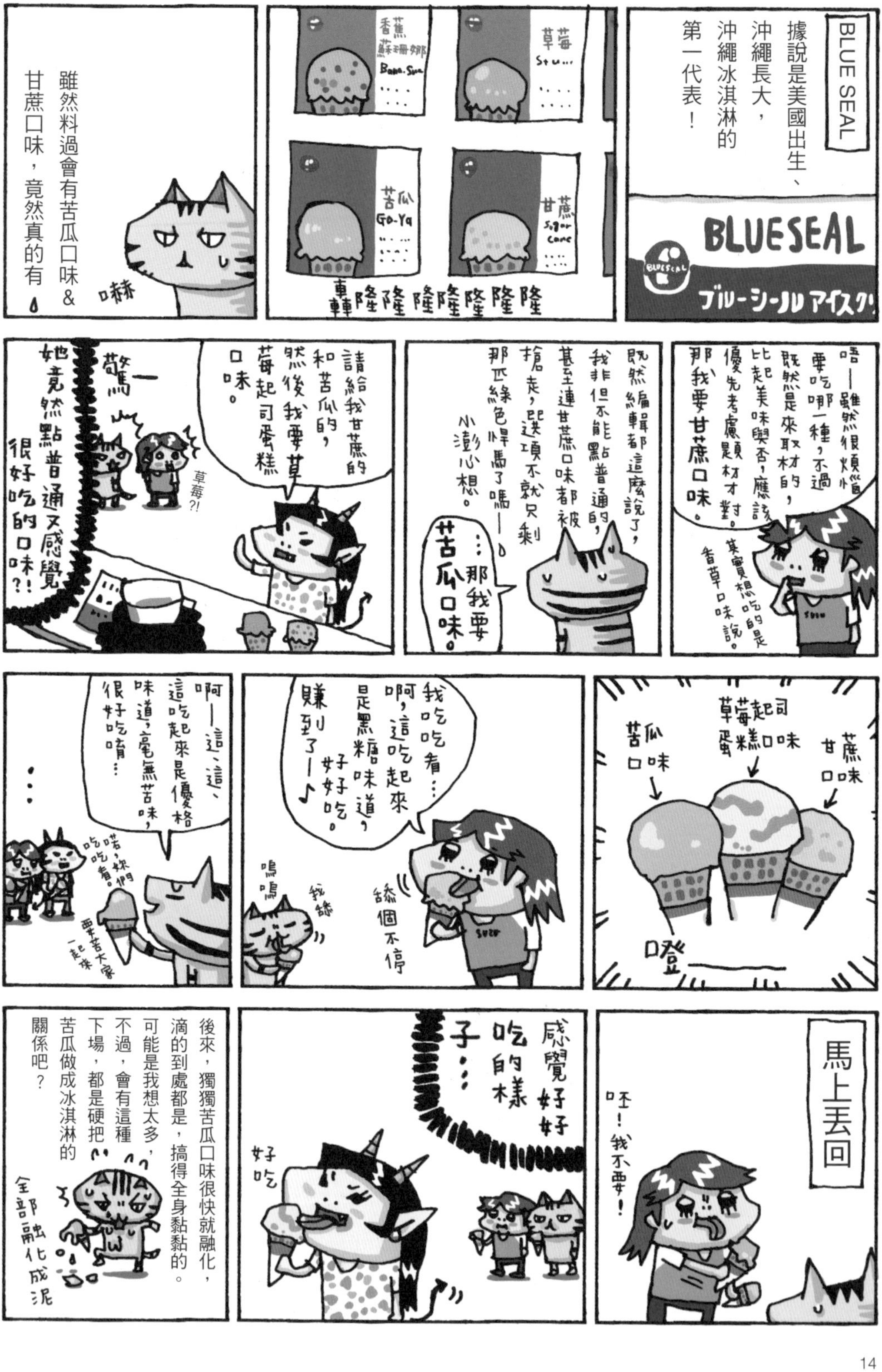
BLUE SEAL
據說是美國出生、沖繩長大，沖繩冰淇淋的第一代表！
BLUESEAL
ブルーシールアイスク
香蕉蘇珊娜
Bana-Sus
草莓
Stu...
苦瓜
Go-Ya
甘蔗
Sugar cane
轟隆隆 隆隆隆隆隆
雖然料過會有苦瓜口味&甘蔗口味，竟然真的有
嚇
唔—雖然很煩惱要吃哪一種，不過既然是來取材的，比起美味與否，應該優先考慮題材才對。那、我要甘蔗口味。
其實想吃的是香草口味說。
既然編輯都這麼說了，我非但不能點普通的，甚至連甘蔗口味都被搶走，選項不就只剩那匹綠色悍馬了嗎—小澎心想。
…那我要苦瓜口味。
請給我甘蔗的和苦瓜的，然後我要草莓起司蛋糕口味。
驚—
草莓?!
她竟然點普通又感覺很好吃的口味?!
草莓起司蛋糕口味
苦瓜口味
甘蔗口味
噔—
我吃吃看…啊，這吃起來是黑糖味道，好好吃。賺到了—♪
舔個不停
嗚嗚
我舔
啊—這、這、這吃起來是優格味道，毫無苦味，很好吃唷…
喏，你們吃吃看。
要苦大家一起來
…
馬上丟回
呸！我不要！
感覺好好吃的樣子…
好吃
後來，獨獨苦瓜口味很快就融化，滴的到處都是，搞得全身黏黏的。可能是我想太多，不過，會有這種下場，都是硬把苦瓜做成冰淇淋的關係吧？
全部融化成泥

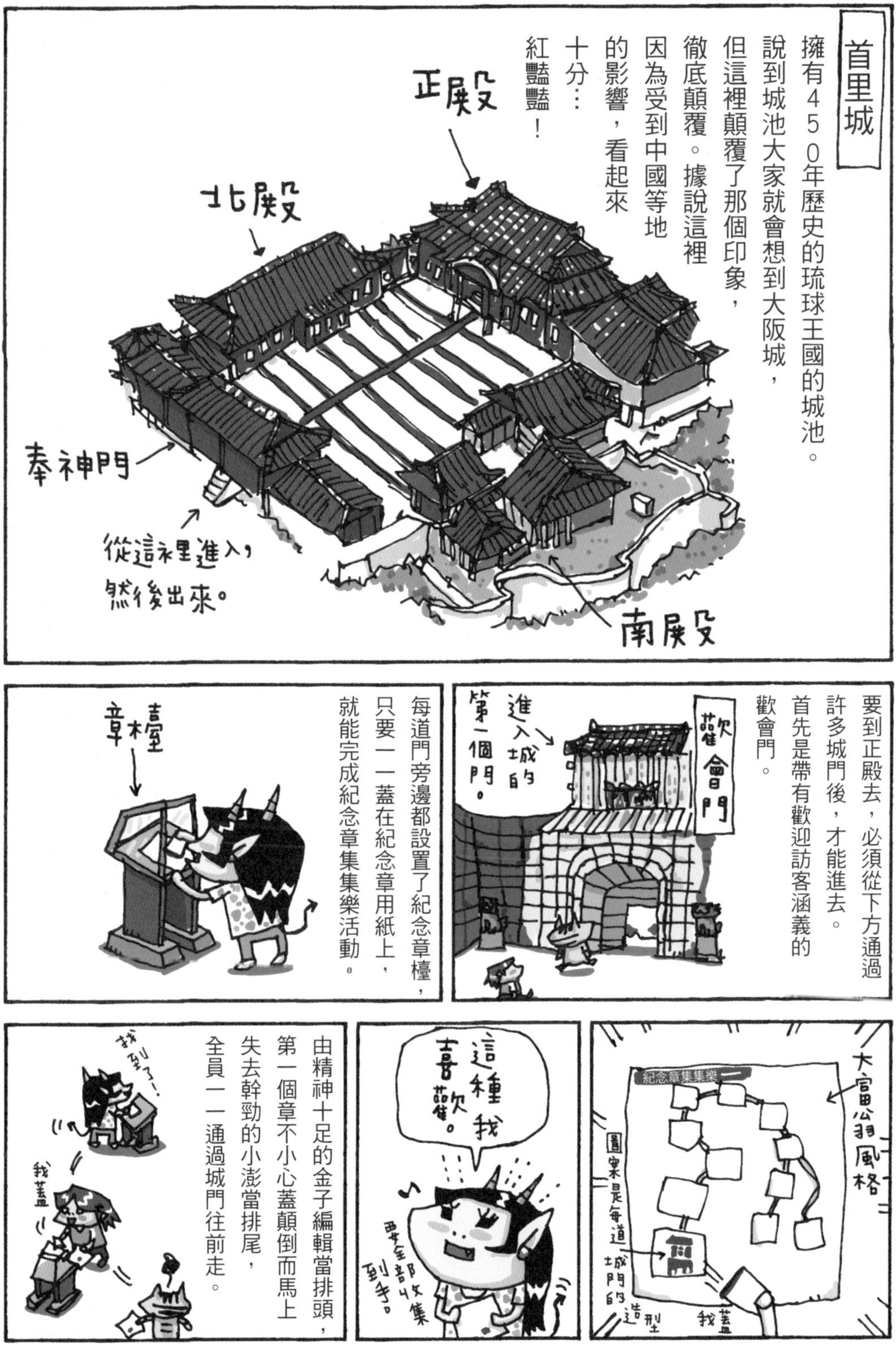
首里城
擁有450年歷史的琉球王國的城池。
說到城池大家就會想到大阪城，
但這裡顛覆了那個印象，
徹底顛覆。據說這裡
因為受到中國等地
的影響，看起來
十分…
紅豔豔！
正殿
北殿
奉神門
從這裡進入，然後出來。
南殿
要到正殿去，必須從下方通過許多城門後，才能進去。
首先是帶有歡迎訪客涵義的歡會門。
歡會門
進入城的第一個門。
每道門旁邊都設置了紀念章檯，只要一一蓋在紀念章用紙上，就能完成紀念章集集樂活動。
章檯
大富翁風格
紀念章集集樂
圖案是每道城門的造型
我蓋
這種我喜歡。
要全部收集到手。
由精神十足的金子編輯當排頭，第一個章不小心蓋顛倒而馬上失去幹勁的小澎當排尾，全員一一通過城門往前走。
我到了！
我蓋

在首里城裡，每道門都有石獅…
喔！這裡果然也有！
瑞泉門（第2道門）門如其名？門的旁邊有泉水湧出。
看起來好像會變身！
有一種機器人的感覺！
表情看起來都不會又傻又天真。
一變成城池守護神，氣場就會不一樣呢。
你們看，這裡的石獅看起來也好強悍♪
我說阿，首里城的石獅看起來好帥氣喲！
我是歡會門的石獅。
首里城的石獅和立於民宅屋頂的石獅們感覺有些不同。
發光!!
來人阿—
救命呀—
哇——!!
轟轟
隆隆隆隆
嗶—
轟—隆
砰—乒
哇
哇
首里城附近有危機降臨時，它們就會現出真面貌！
衝天—!!
轟轟—!!
首里石獅2號
首里石獅1號
噹噹噹
哐噹
哐噹
哐噹
喀鏘
喀鏘

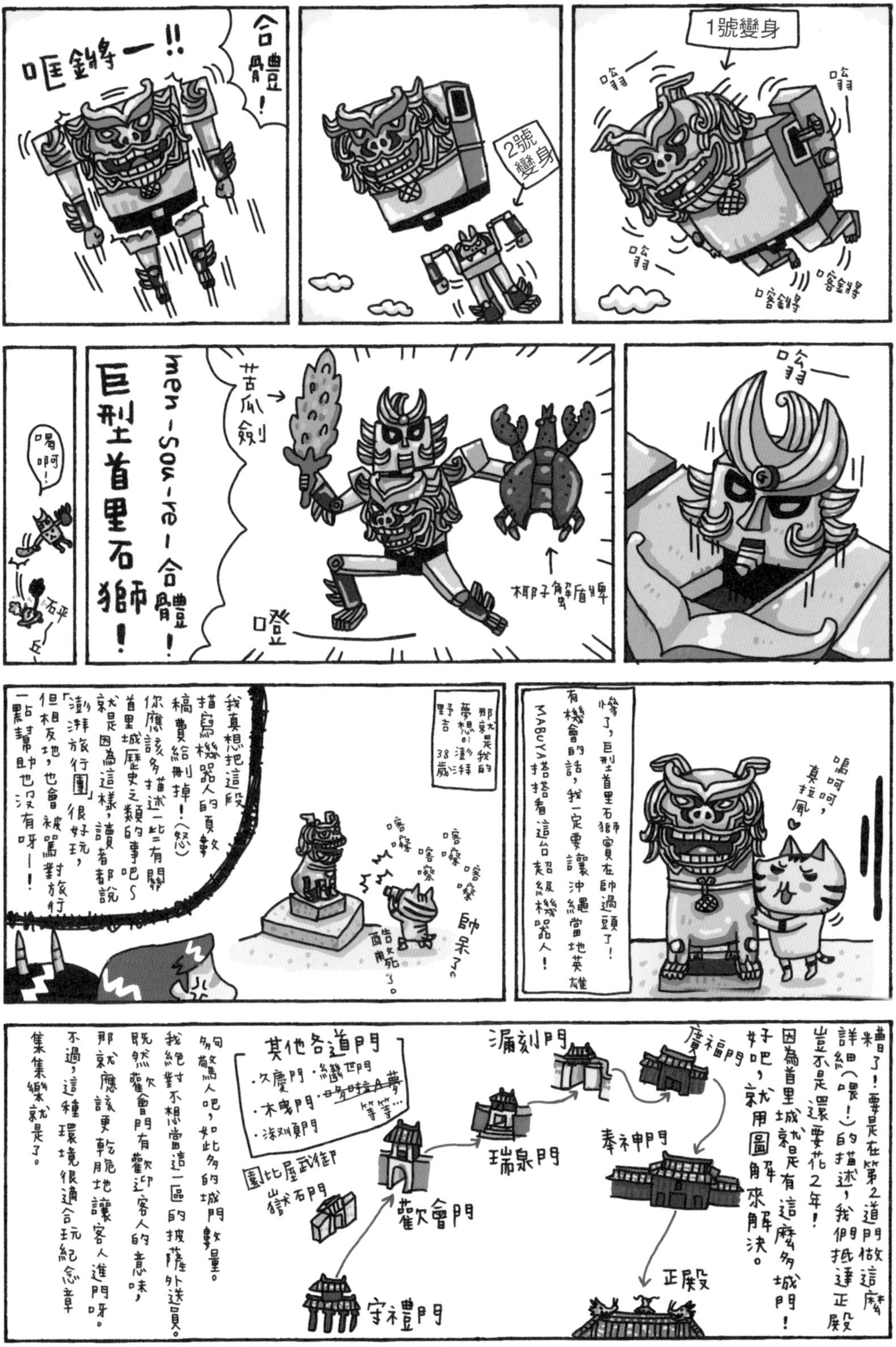

哐鏘—!!
合體!
2號變身
1號變身
嗡—
嗡—
嗡—
喀鏘
喀鏘
喝啊!
石平
mensou-re-合體!
巨型首里石獅!
苦瓜劍
椰子蟹盾牌
噔
嗡—
我真想把這段描寫機器人的頁數稿費給刪掉!(怒)你應該多描述一些有關首里城歷史之類的事吧~就是因為這樣,讀者都說「澎湃旅行團」很好玩,但相反地,也會被罵對旅行一點幫助也沒有呀—!
那就是我的夢想的澎湃野吉 38歲
喀嚓
喀嚓
喀嚓
喀嚓
酷斃了。
帥呆了。
慘了,巨型首里石獅實在帥過頭了!有機會的話,我一定要讓沖繩當地英雄MABUYA搭搭看這台超級機器人!
嗚呵呵,真拉風♥
糟了!要是在第2道門做這麼詳細(喂!)的描述,我們抵達正殿豈不是還要花2年!因為首里城就是有這麼多城門!好吧,就用圖解來解決。
其他各道門
・久慶門 ・繼世門
・木曳門 ・哆啦A夢
・淑順門 等等…
園比屋武御嶽石門
守禮門
歡會門
瑞泉門
漏刻門
廣福門
奉神門
正殿
多敬嚇人吧,如此多的城門數量。我絕對不想當這一區的披薩外送員。既然歡會門有歡迎客人的意味,那就應該更乾脆地讓客人進門呀。不過,這種環境很適合玩紀念章集集樂就是了。

穿過一道又一道的門以後，終於到了首里城中心！
抵達正殿了！
噹！
喔—
喔—
好大—
——可是，這時候竟然……
嗯？
滴
下雨了！
唰——
啊
啊
啊
哇啊啊，雨傘雨傘……呃……
找到了♪
終於還是下雨了……
摸索掏找
……嗯？你們2個都沒有帶傘來嗎？
唰——
噗！(笑)怎麼可能會帶傘！這裡可是南國度假勝地沖繩耶？正常人都不會帶吧？
妳好奇怪，為什麼會帶傘呢？
噗
唰——
還不是因為跟你們在一起！
事實上有帶才是正確的，不是嗎？
唰——

對了對了，
如果要在那霸市內移動，
搭乘單軌電車會很方便。
單軌電車「Yui-Rail」在
那霸機場和首里之間往返。
沖繩沒有電車，
利用單軌電車是最省錢
且便利的方式♪
一天600日圓就能無限搭乘♪

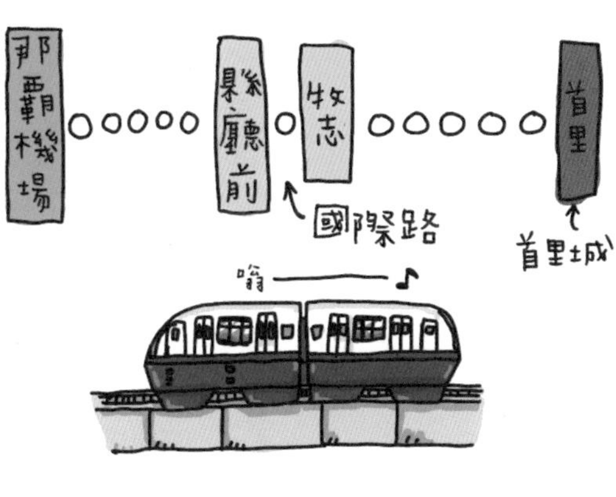

回到國際路，一面尋找可以吃晚餐的店，一面在商店街裡閒晃。據說附近有座很出名的市場…
沖繩的店家裡都是稀奇的東西，光看就覺得很好玩。
觀賞用 迷你鳳梨 ¥100
真小
沒想到這裡竟然把不能吃的鳳梨拿來當伴手禮販售。似乎是讓人拿來看好玩的…我一直以為鳳梨是食物而活（誇飾法），可是現在卻不知道該怎麼看待它才好。
本店有水果喲！這裡有賣新鮮的現切水果喲！
唔嗯，這裡賣的是我熟悉的可食用鳳梨嗎！鳳梨果然還是要這樣才對嘛。
很香甜喲
冰過的喲
パイン ¥200
你們瞧，這個本州島上沒在賣吧？
有一種比迷你鳳梨更勁爆的東西出現了！
這是什麼？
火龍果♪
這名字怎麼這麼威？！
古今中外有名字如此威風的水果嗎？沒有。更何況這名字一點都不像水果。
Dragon
來，這是切好的。一串200日圓。
拿——出
鮮紅色——！
裡面也好驚人——！

譯註：柴漬是一種京都傳統醬菜，以加了紅紫蘇的醬汁醃漬茄子或小黃瓜等材料所做成的。

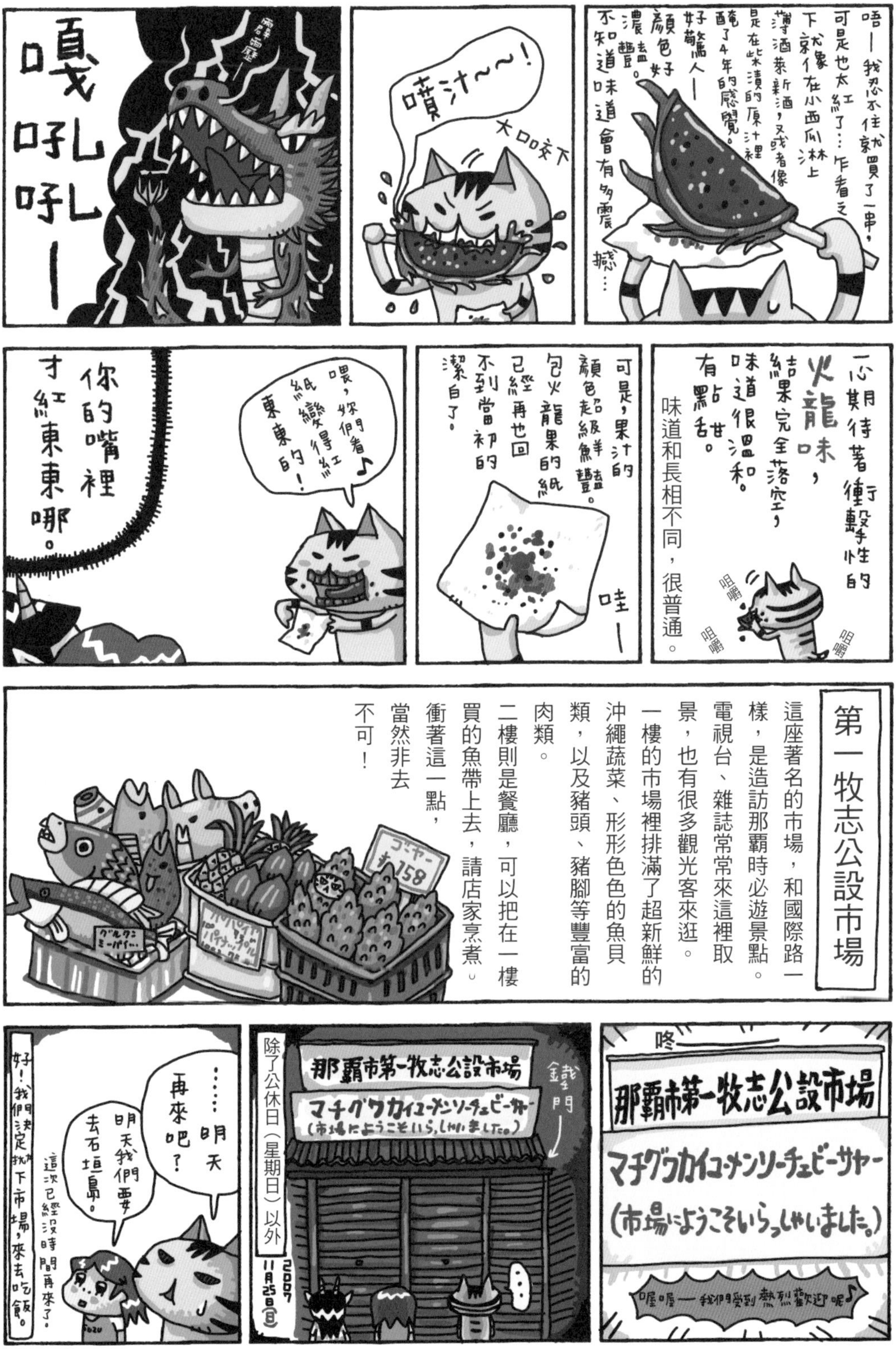

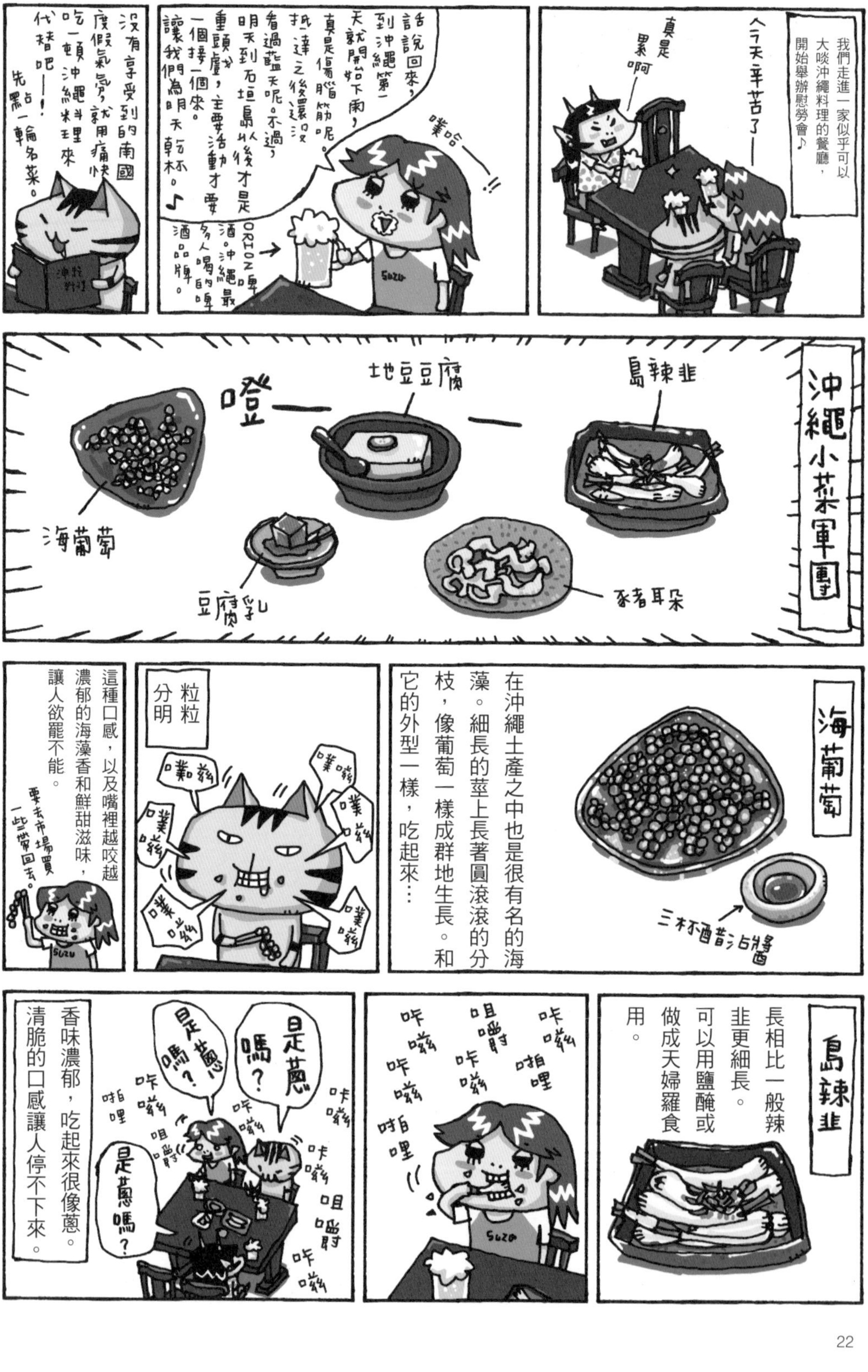

譯註：辣韭在臺灣被稱為「薤」（ㄒㄧㄝˋ），又名藠頭、野蒜、野韭，俗稱蕗蕎、路蕎。

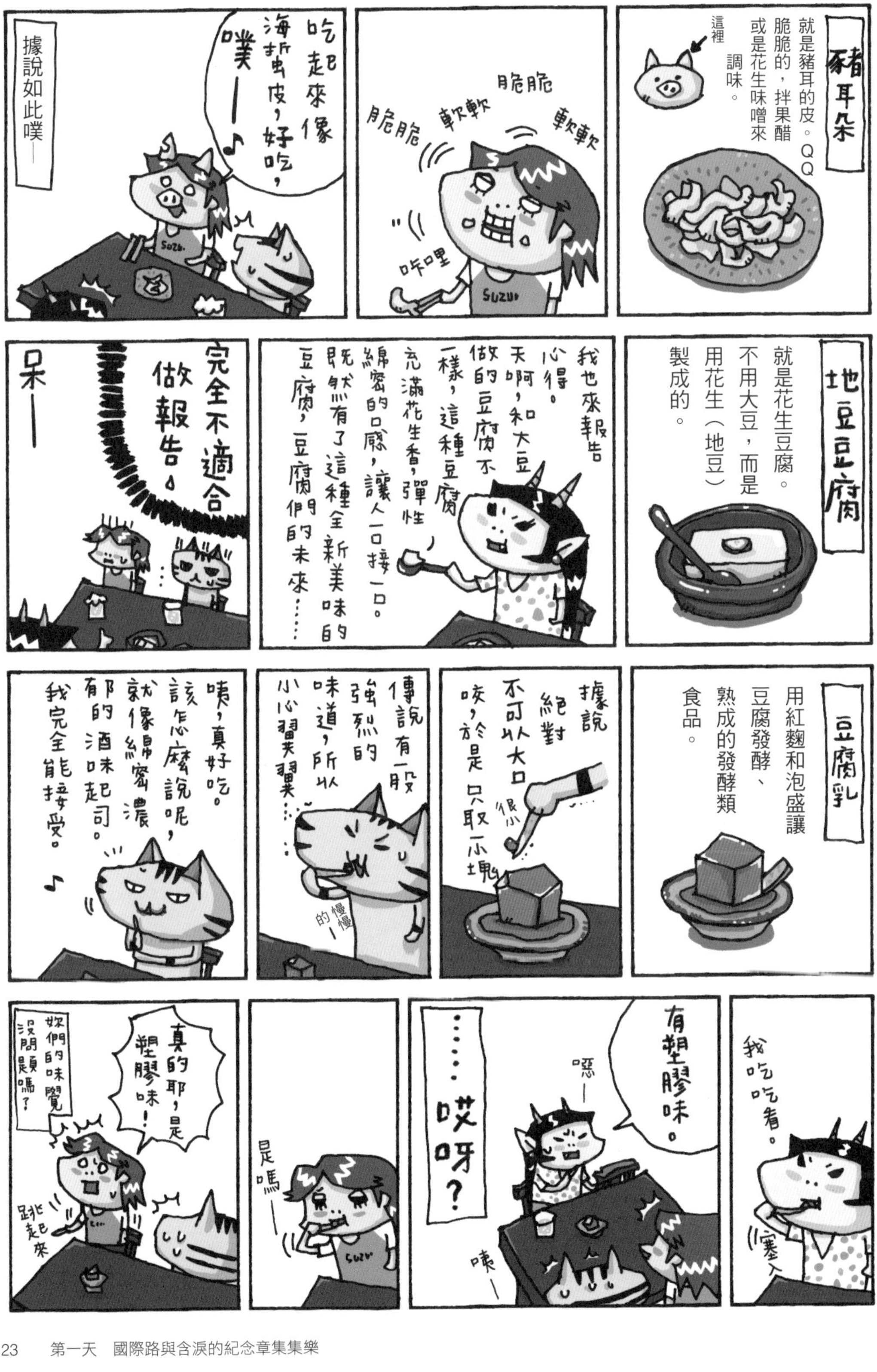
豬耳朵
就是豬耳的皮。QQ脆脆的，拌果醋或是花生味噌來調味。
這裡
脆脆
軟軟
脆脆
軟軟
咔哩
吃起來像海蜇皮，好吃，噗──♪
據說如此噗──
地豆豆腐
就是花生豆腐。不用大豆，而是用花生（地豆）製成的。
我也來報告心得。天啊，和大豆做的豆腐不一樣，這種豆腐充滿花生香，彈性綿密的口感，讓人一口接一口。既然有了這種全新美味的豆腐，豆腐們的未來……
完全不適合做報告。
呆──
豆腐乳
用紅麴和泡盛讓豆腐發酵、熟成的發酵類食品。
據說絕對不可以大口咬，於是只取一小塊
很小
傳說有一股強烈的味道，所以小心翼翼……
慢慢的──
噢，真好吃。該怎麼說呢，就像綿密濃郁的酒味起司。我完全能接受。♪
我吃吃看。
塞入
有塑膠味。
嗯──
咦──
……哎呀？
是嗎──
真的耶，是塑膠味！
妳們的味覺沒問題嗎？
跳起來

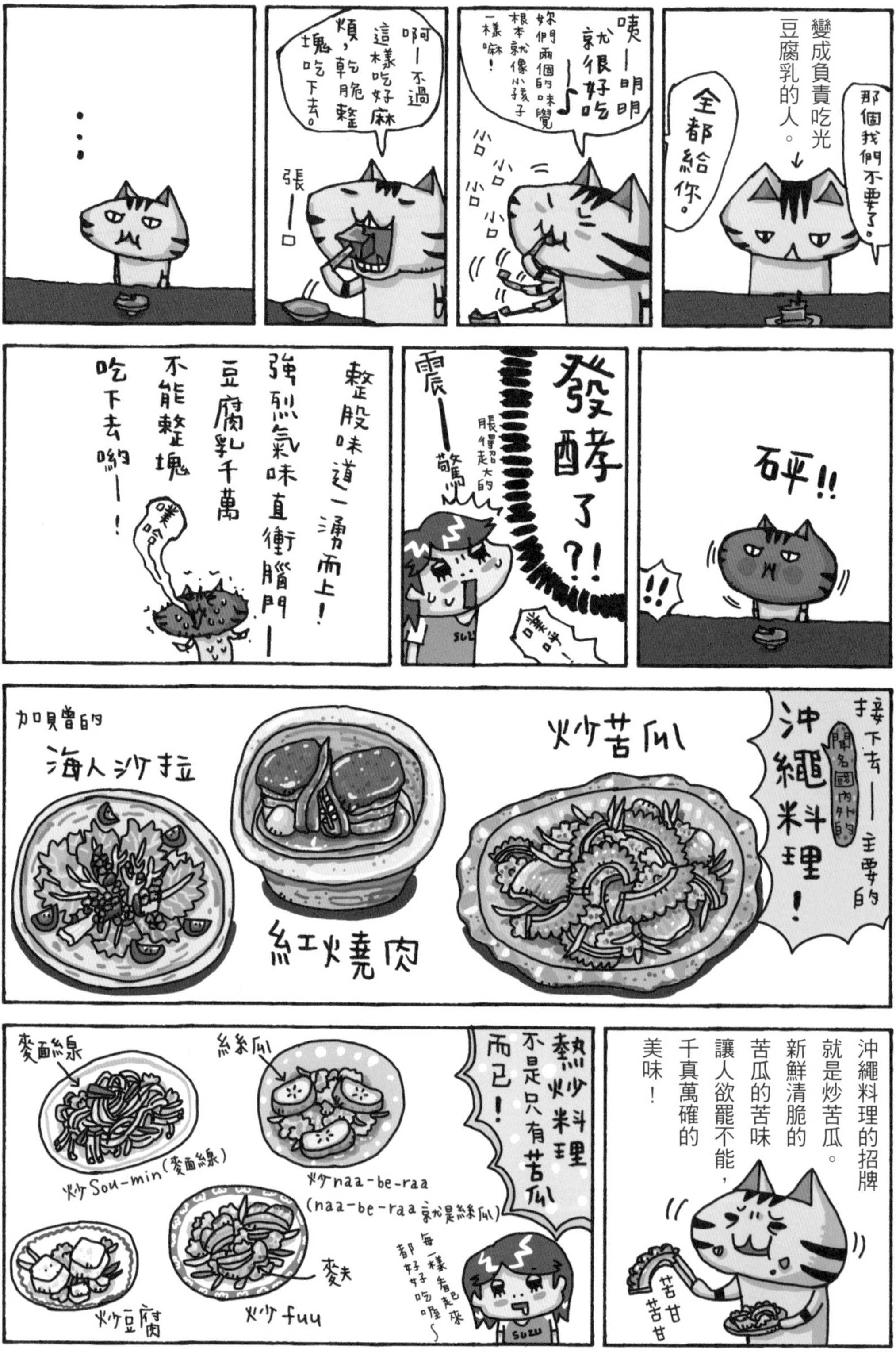
變成負責吃光豆腐乳的人。
那個我們不要了。
全都給你。
咦—明明就很好吃～
妳們兩個的味覺根本就像小孩子一樣嘛！
啊—不過這樣吃好麻煩，乾脆整塊吃下去。
張—口
…
砰!!
!!
發酵了?!
震—
驚
脹得超大的
噗哧—
整股味道一湧而上！
強烈氣味直衝腦門—
豆腐乳千萬不能整塊吃下去喲—！
噗哈
接下去—主要的
聞名國內外的
沖繩料理！
炒苦瓜
紅燒肉
加貝曾的
海人沙拉
沖繩料理的招牌就是炒苦瓜。
新鮮清脆的苦瓜的苦味，讓人欲罷不能，千真萬確的美味！
苦甘
苦甘
熱炒料理不是只有苦瓜而已！
麥麵線
炒Sou-min（麥麵線）
絲瓜
炒naa-be-raa
(naa-be-raa就是絲瓜)
麥麩
炒fuu
炒豆腐
每一樣看起來都好好吃喔～

又嫩又軟
紅燒肉（Rafute）是一道沖繩的鄉土料理，用醬油、柴魚、昆布、砂糖與泡盛（這是重點！角煮多是使用日本酒），將帶著豬皮的三層肉燉煮到又軟又爛。
吞入
……
啊～
溶化了？肉都沒有咀嚼就溶化了，簡直就像紅燒肉的幻影！
這道紅燒肉吸滿了濃郁的醬汁，肥肉部分又軟又嫩又香甜，美味到讓人想說請給我一碗白飯！卻又會令人煩惱，在白飯上桌以前，紅燒肉會不會全部溶化掉的窘境。
這就是紅燒肉。～♥
阿古豬紅燒肉。～♪
然後，最後等著我們的是漢字寫做海人，讀音卻發成u-min-chu的特製海人沙拉！
要說這份沙拉有哪裡像海人……
大概就是鋪散了很多海葡萄、章魚之類，像是海鮮的東西。
除此之外……
裡面還有一種看起來像分岔的豆芽菜的物體。
?
我看看，根據菜單上的介紹，那叫SUNA是一種在石垣島摘採的海藻。因為形狀像珊瑚，所以被稱作珊瑚海藻。至於味道如何上面沒寫。
看起來不怎麼好吃耶。
Menu
由你試吃
休想！
幹麼叫別人去試
遇到詭異食物時，叫作家先吃，以確認安全與否的編輯。

編註：「豚の角煮」使用豬肉，和醬油，砂糖等調味並和野菜一起燉煮的料理，在沖繩叫「Rafute-」。

譯註：在沖繩海人讀成u-min-chu，指在海上從事漁獲相關工作的人。這裡的特製海人沙拉要表現那樣的意思。

結果被硬塞進去。
……
咀嚼咀嚼咀嚼
啾
啾
卡啾
啾啾啾啾
啾
為什麼會發出那種像剛洗好的碗盤的聲音?!
好噁 太噁心了!!!!
該怎麼說好呢？用很咕啾咕啾來形容嗎？雖然口感很怪，卻很好吃。
呼~
吃得真過癮~
肚子好撐~♪
嗝-噗~
麻煩請給我茶，我要喝香片茶。
接下來……
大家要不要去吃拉麵呢♪
譯註：沖繩的香片茶即是中國的茉莉花茶。
於是，在大吃大喝一頓後，為了追求更多食物，我們走進其他餐廳。
或許有人會說，
你們也吃太多了吧！
可是，在南國度假勝地被雨淋了一身所造成的心理創傷，
才一點點食物是彌補不了的！
如果不再多吃一碗拉麵的話，根本治癒不了啊（淚）！
然後，
我們進去的那間餐廳…
タコス
ライス
好便宜!?!
タコライス
タコス
沖縄そば
￥500
一律500圓。
菜單只有三種?!
因為是三個人進入只有三樣菜色的餐廳，於是…
沖繩蕎麥麵
塔可飯
塔可餅
全菜色蒐集完畢。

塔可飯
把墨西哥料理中的塔可餅做成米飯形式的沖繩料理。就是把塔可餅的餡料與醬汁澆淋在白飯上。
起司
萵苣
番茄
絞肉
白飯
塔可餅
這是墨西哥的代表性料理。在用玉米麵糰烤成的墨西哥薄餅裡，夾入塔可餅的餡料和醬汁。裡面並沒有包章魚（tako）。
墨西哥薄餅
不管是白飯還是墨西哥薄餅，都和辛辣且充滿香料風味的莎莎醬（醬汁）非常搭。
沖繩蕎麥麵
豬排骨
玉子燒
?
七味唐辛子
魚板
麵很粗
うめ～し
那個罐子是泡盛辣椒醬（kou-rei-guu-su）味道很辣，加一點點進去會很美味喲。
請隨意加吧。♪
好
泡盛辣椒醬（kou-rei-guu-su）
島辣椒
島とうがらし
就是用泡盛醃漬的島辣椒。似乎是沖繩這邊最常用的調味料，不管是烏龍麵、蕎麥麵還是熱炒都可以加這個。
我其實很愛吃辣呢——
來試試看，大概加這麼多嗎？
我滴啊滴
啊滴
喂——不可以!!
我不是說了嗎，加那麼多會很辣！一點點就夠了。一點點！
怒吼
驚嚇
被痛罵了一頓。根本就不讓人隨意加嘛⋯
好燙
哈呼
哈呼
味道非常清爽。麵條很像粗的拉麵，但湯頭卻比較像高湯味濃郁的烏龍麵。總之很好吃。不過真希望可以再多加點辣椒⋯
嗝——
既然胃已經被滿足了，明天應該可以正式暢遊藍天碧海的南國度假勝地吧。
真令人期待——♪

沖繩的守護神 石獅就在這些地方

附錄專欄

商店裡有在賣。被做成很可愛的造型後擺出來賣。

¥500
¥250
買我、買我，把我帶回家吧。

站在屋頂上擺出貓一樣的姿勢站著。

大部分人家的屋頂上或圍牆上都看得到。其中也有充滿手工感的。能看到各種石獅，真的很有趣。

被聘雇到建築物前面當守衛。

我可以變身喲～
遇上危急時刻，我們能合體呢～

噗～

變成首里城洗手間的水龍頭。雖然看起來很氣派，但總覺得實在用不著拿來當水龍頭……

嶄新的造型以及不按牌理出牌的塗色法，從門柱探尋石獅的未來發展。

澁谷拜先生挑選 有附例句喲♪
明天就能派上用場的沖繩方言集！

- men-sou-re-（歡迎光臨）㊀例 men-sou-re-，主人大人。
- chi-ba-ri-yo-（加油）例 到千葉之後也要chi-ba-ri-yo-。
（譯註：千葉讀音是「chi-ba」。作者在這裡應該是想表達諧音冷笑話。）
- sou-min（麵線）例 今天午餐是期盼已久的流水sou-min。
- ka-si-ma-sii（愛說話）例 人家是活潑又ka-si-ma-sii的女生。
- mu-ra-sa-chi（紫）例 比起清少納言，我更偏愛mu-ra-sa-chi式部。
- u-ri（喂）例 u-ri，你活該！
- ma-bu-yaa（靈魂）例 據說，拍照時，ma-bu-yaa會被吸走喲。
- o-zii（爺爺）例 明o-zii。
- ga-chi-ma-yaa（貪吃鬼）例 ga-chi-ma-yaa萬歲。
- saa-taa-an-da-gii（沖繩甜甜圈）例 每次放學回家路上，我都會繞到・mister saa-taa-an-da-gii去。
- ma-yaa（貓）例 少裝成乖ma-yaa了！

Photo Gallery

發現苦瓜長椅！

首先是那霸市區觀光。街道上有許多充滿南國風情的花朵盛開著。

參觀首里城。在烏雲密布的天空下，穿過許多道門，抵達正殿。最後還是下雨了，但金子編輯正沉迷於紀念章集集樂。被淋成落湯雞，還一邊蓋章。

第一次品嚐火龍果。顏色鮮豔得刺眼，不過非常好吃。

說到沖繩，就想到BLUE SEAL冰淇淋。我們選了很有沖繩氣息的甘蔗口味及苦瓜口味。

在沖繩的第一餐♪
由左開始依序是島辣韮、炒苦瓜、豆腐乳、地豆豆腐、豬耳朵。豆腐乳如果不小口小口吃，會慘不忍睹喲。

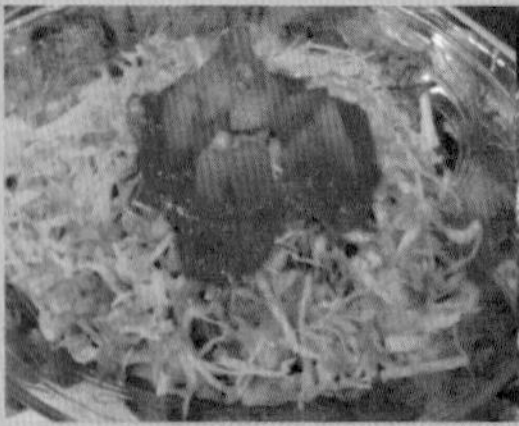

沖繩美食還多著呢！吃完晚餐後，就用這個畫上句點。塔可飯！塔可餅！排骨蕎麥麵！……怎麼覺得全都是紅色加綠色的配色呢？

第二天
逍遙又悠閒地
隨著水牛車搖晃

2

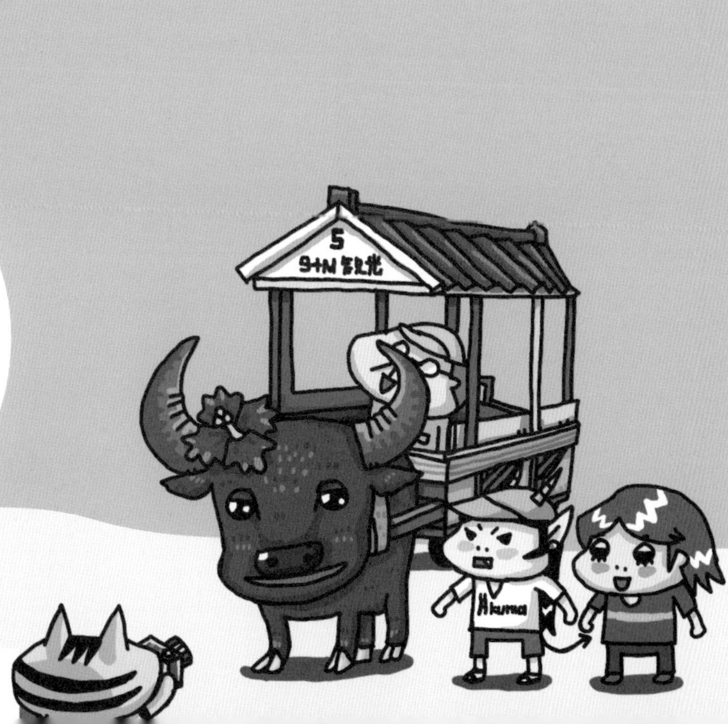

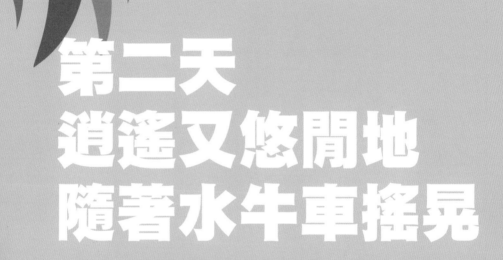

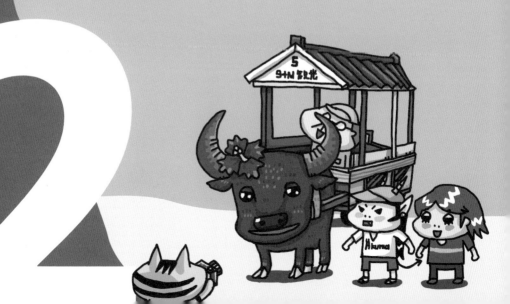

沖繩第2天早上
唰———
這次取材目的是體驗南國度假勝地。
唰———
理想
哇—
哇—
哇—
喂喂，怎麼會這麼熱。真的已經11月了嗎～就算是南國度假勝地也太誇張了吧—真讓人受不了～♪
好熱
我都快渴死了～真想痛快地大口喝水
現實
唰——
唰——
唰——
唰——
唰
有點冷，穿上外套好了。
在沖繩會冷，這是怎麼一回事，總之，還是先去吃早餐討論今天的行程。
因為飯店提供的菜單，有一道使用沖繩特產做成的琉球早餐，於是我們就點了…
這是琉球早餐
放下

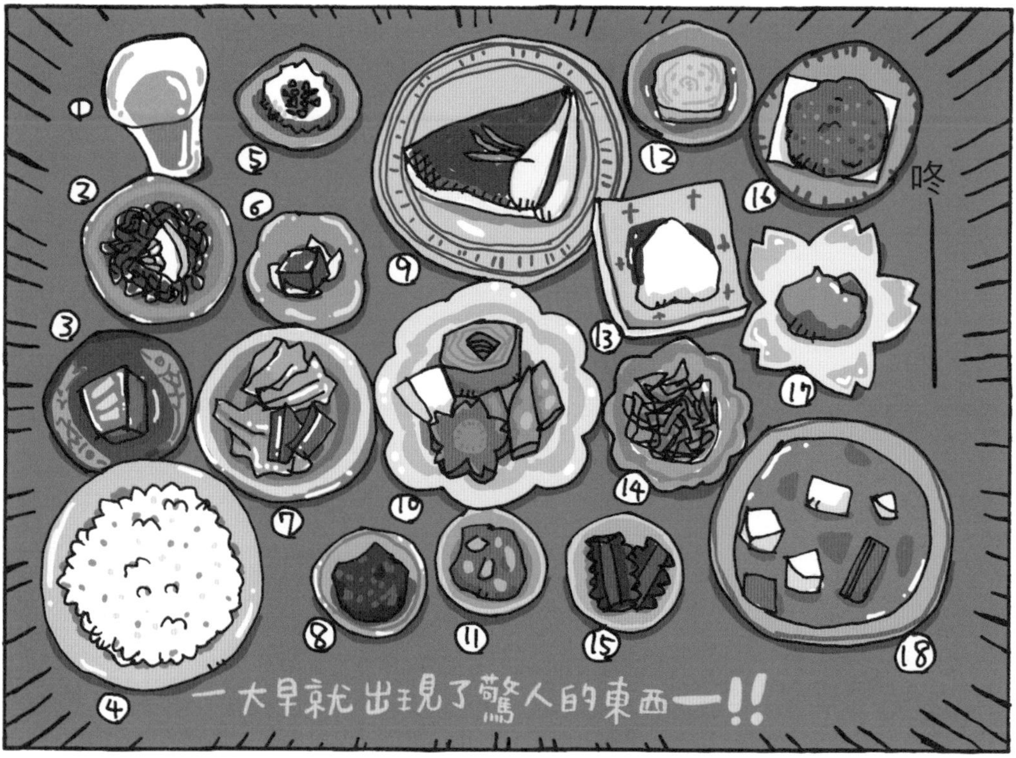

① 芒果汁
② 醋苔
③ 沙菜豆腐
④ 白米混糙米飯
⑤ 豆腐黃雞疊煮
⑥ 木瓜豆腐乳拌白醬
⑦ 溫蔬菜沙拉
⑧ 油味噌（譯註：用豬油去炒味噌後製成的一種調味醬。）
⑨ 金針烤烏尾鮗
⑩ 燉蔬菜豬肉
⑪ 醃蘆薈
⑫ 石蓴煎蛋卷
⑬ 地豆豆腐
⑭ 假還陽參佐炒豬肉
⑮ 味噌醃苦瓜
⑯ 水芋天婦羅
⑰ 水芋味噌
⑱ mu-zi湯（芋莖煮湯）

唔——嗯。我完全沒想到會出現這麼驚人的東西。問我哪裡驚人？就是大部分的東西都搞不懂究竟是什麼，這一點很驚人。我拿附有照片的菜單一邊來對照，一邊吃。
？？
這是…什麼？
這個亞琴王子(a-sa王子)超——好吃的。
#
那是石蓴王子(a-sa王子)
是勇者名字呢。
是煎蛋卷吧。
揮來揮去。
包括食材，全都是沒聽過的名字。
因為太多謎樣食材了，出現普通料理，就會讓人覺得安心。
溫蔬菜沙拉
燉蔬菜豬肉
吃過以後，實際感受到沖繩料理的味道很清淡，多是活用高湯或食材的香氣料理的。
我認為，他們長壽的祕訣就在這裡面。
果汁也很新鮮。
那麼，關於今天的行程，我們如果不去石垣島，就什麼也做不了。所以說，等一下先去機場吧。
如果不移動，就只能不停介紹料理了。
這種程度的雨勢，我想應該不至於停飛喲。
我討厭雨天飛行——。
恐機症。
那霸機場
咻——
咻
啊——在這種雨天起飛一定很危險。飛機一定不會起飛吧。
咻——
嗡——
起飛了。
隆隆——
難得出來玩，我來介紹一下接下來要去的石垣島吧。說起來…
…喔…喔
上升
咕嘿嘿嘿嘿
急速上升引發G力加大，因而發出怪聲。
驚嚇

隆隆隆隆——
妳在看什麼?
哦,在預習石垣島資料嗎?金子編輯,有什麼推薦的,要記得告訴我喲。♪
遵命——!!
離島のオススメ危険生物ベスト10!!
哎呀?小澄也很積極在看旅遊指南呢。看來你挺有幹勁的嘛。
要是有想去哪裡♪逛逛的話……
隆隆隆隆隆…
……
逛天堂的話,就請你自己去吧……
逃、逃生口在那邊,如果遇上危急時刻,要拉跟轉那邊的把手,呃,再然後……
四處張望
手動操作
緊急逃生
現在眾人前往的石垣島是?
那霸出發大約1小時
大約40分
與那國島
石垣島
石垣空港
大約50分
西表島
10分
竹富島
石垣港離島ターミナル
大約1小時
波照間島
機場或渡輪口齊備,是在八重山諸島(石垣、竹富、西表、波照間、與那國等等…)之間移動的中樞島。這裡也是我們這次離島觀光的據點!基本上都在這裡過夜,白天時往返各地!
是啊,當然。因為石垣牛是肉質最棒的黑毛和牛呀。♪
來到石垣,非得吃吃石垣牛不可,對吧?老爸。

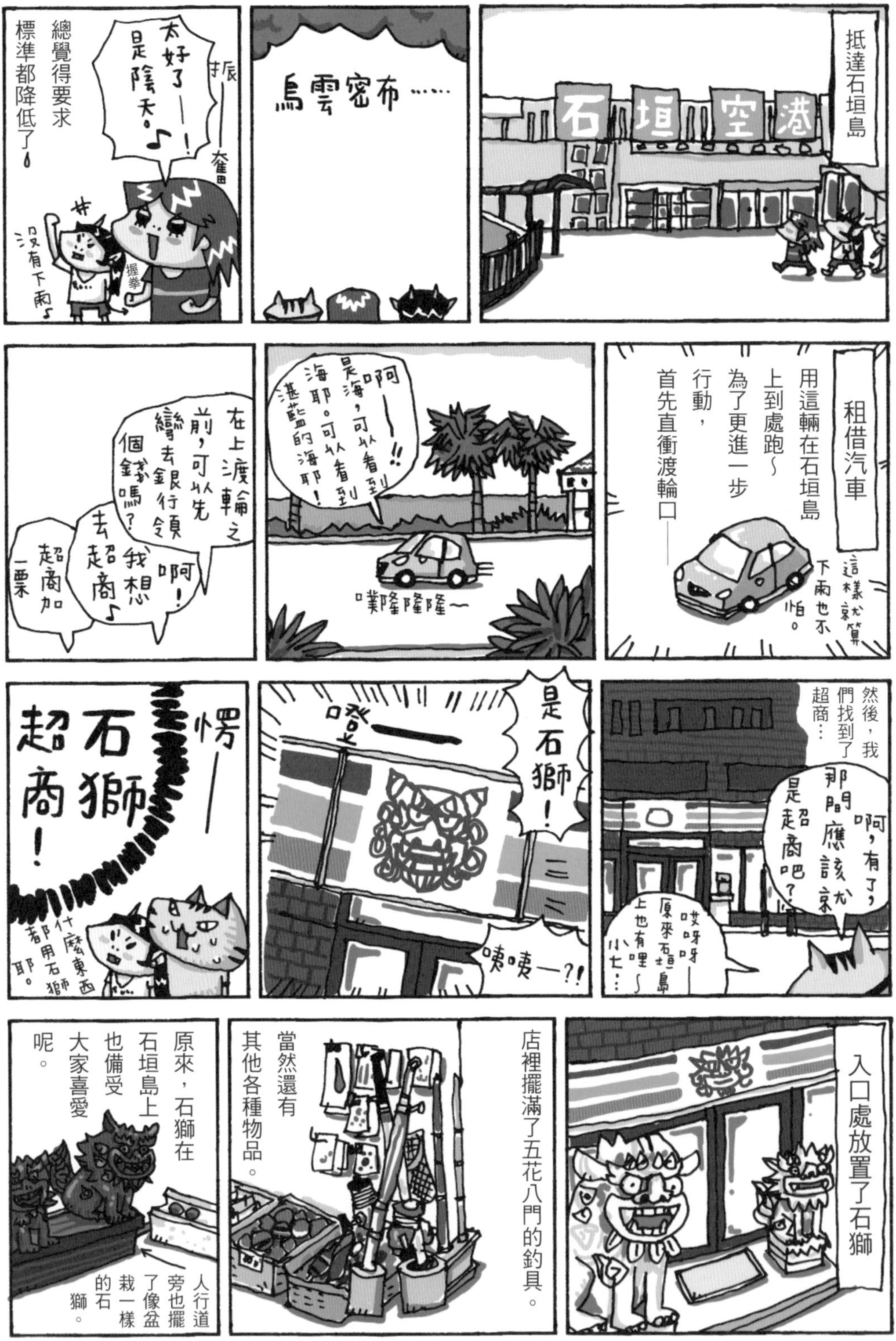
抵達石垣島
石垣空港
烏雲密布……
太好了——！是陰天。♪
振——奮
總覺得要求標準都降低了
沒有下雨♪
握拳
租借汽車
用這輛在石垣島上到處跑～為了更進一步行動，首先直衝渡輪口——
這樣就算下雨也不怕。
啊——!! 是海，可以看到海耶。可以看到湛藍的海耶！
噗隆隆隆～
啊！在上渡輪之前，可以先去銀行領個錢嗎？
我想去超商♪
超商加一票
然後，我們找到了超商…
啊，有了，那間應該就是超商吧？
哎呀呀原來石垣島上也有哩～小七…
是石獅！
噔——
咦咦——?!
愣——
石獅超商！
什麼東西都用石獅耶。
入口處放置了石獅
店裡擺滿了五花八門的釣具。
當然還有其他各種物品。
原來，石獅在石垣島上也備受大家喜愛呢。
人行道旁也擺了像盆栽一樣的石獅。

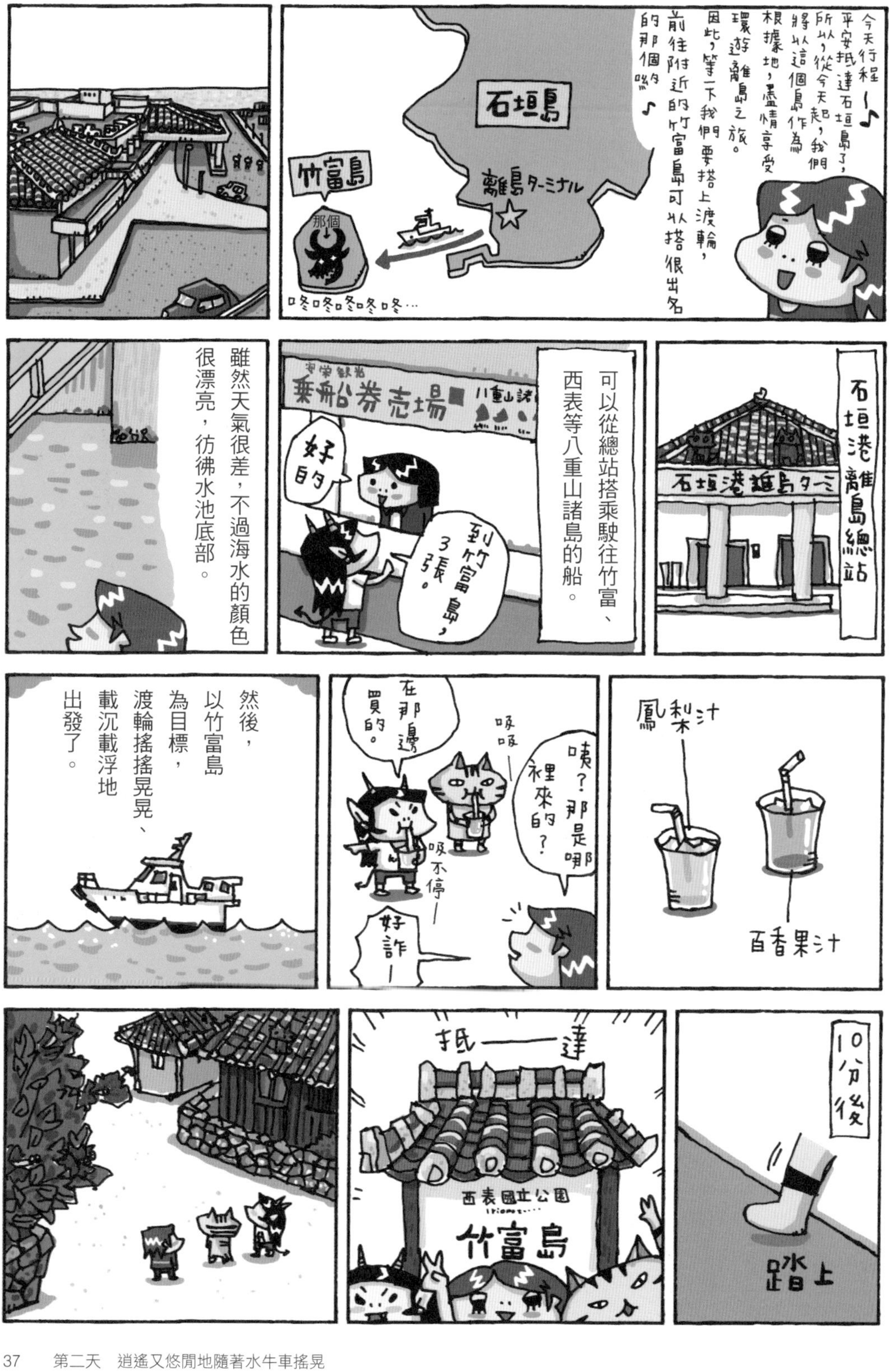
今天行程～♪
平安抵達石垣島了，所以，從今天起，我們將以這個島作為根據地，盡情享受環遊離島之旅。
因此，等一下我們要搭上渡輪，前往附近的竹富島可以搭很出名的那個喲♪
石垣島
離島ターミナル
竹富島
那個
咚咚咚咚咚…
石垣港離島總站
石垣港離島ターミ
可以從總站搭乘駛往竹富、西表等八重山諸島的船。
乗船券売場
八重山諸
到竹富島，3張。
好的
雖然天氣很差，不過海水的顏色很漂亮，彷彿水池底部。
鳳梨汁
百香果汁
咦？那是哪裡來的？
在那邊買的。
吸吸—
吸不停—
好詐—
然後，以竹富島為目標，渡輪搖搖晃晃、載沉載浮地出發了。
10分後
踏上
抵——達
西表國立公園
竹富島

竹富島給人的感覺，就是這裡果然是沖繩沒錯。紅磚屋頂、石牆加上盛開的南國花朵，只要不抬頭看天空，這裡毫無疑問是南國度假勝地沖繩！
然後，還有另一樣東西…
要搭嗎？
當然！
超級隨便的水牛車圖解。
可以悠悠哉哉充分享受竹富島美景的著名交通工具。
導遊爺爺
用牛角支撐住鞍具，然後再走下坡。
時髦打扮。
水牛。原本是飼養來作為農耕用。力氣非常大。
搭乘牛車時，要從後方上車。
嘿~♪
坐位是面對面而坐，大概可以容納14個人搭乘。因為牛車是竹富島的觀光招牌，所以座無虛席。但幾乎都是歐巴桑。
歡迎各位來到竹富~今天，我將和這隻水牛廣寶一起帶著大家遊覽。
導遊爺爺
等一下牛車行進時，請大家千萬不要站起來喲。因為牛車會搖晃，站著很危險喲。
我們會用30分鐘左右的時間遊覽村落。
請多關照喲。
那麼出發~

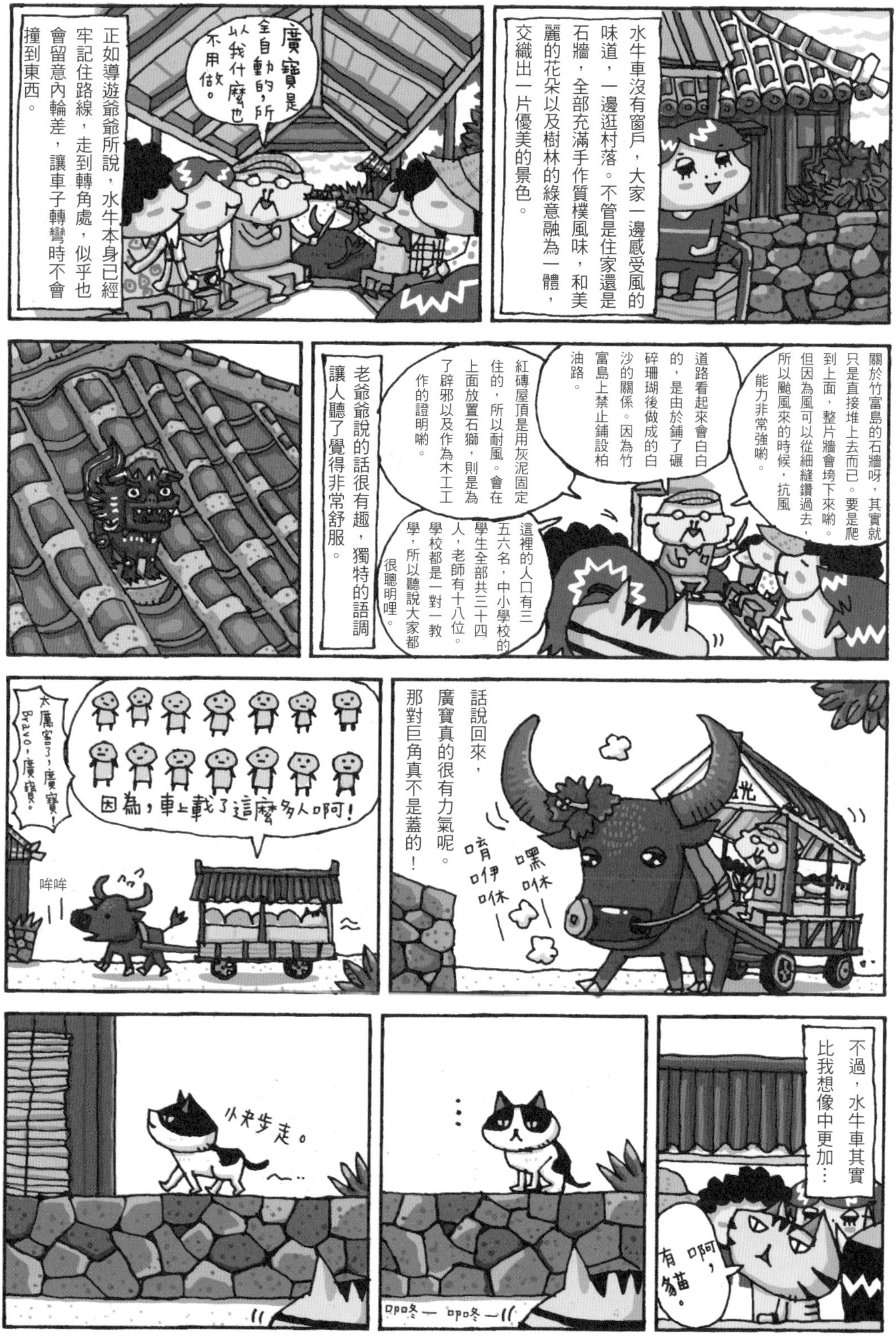
水牛車沒有窗戶，大家一邊感受風的味道，一邊逛村落。不管是住家還是石牆，全部充滿手作質樸風味，和美麗的花朵以及樹林的綠意融為一體，交織出一片優美的景色。
廣寶是全自動的，所以我什麼也不用做。
正如導遊爺爺所說，水牛本身已經牢記住路線，走到轉角處，似乎也會留意內輪差，讓車子轉彎時不會撞到東西。
關於竹富島的石牆呀，其實就只是直接堆上去而已。要是爬到上面，整片牆會垮下來喲。但因為風可以從細縫鑽過去，所以颱風來的時候，抗風能力非常強喲。
道路看起來會白白的，是由於鋪了碾碎珊瑚後做成的白沙的關係。因為竹富島上禁止鋪設柏油路。
紅磚屋頂是用灰泥固定住的，所以耐風。會在上面放置石獅，則是為了辟邪以及作為木工工作的證明喲。
這裡的人口有三五六名，中小學校的學生全部共三十四人，老師有十八位。學校都是一對一教學，所以聽說大家都很聰明哩。
老爺爺說的話很有趣，獨特的語調讓人聽了覺得非常舒服。
話說回來，廣寶真的很有力氣呢。那對巨角真不是蓋的！
嘿咻
唷咿咻
因為，車上載了這麼多人呵！
太厲害了，廣寶！Bravo，廣寶。
哞哞
小步走。
叩咚—叩咚—
不過，水牛車其實比我想像中更加……
啊，有貓。

走啊走，
悠哉地走
叩咚
……
叩咚
停住
叩咚— 叩咚—
呆—
超級無敵慢！
沒想到竟然慢成這樣。
被貓超前了。
叩咚— 叩咚—
老爺爺一邊彈奏三線（san-sin），一邊唱的琉球民謠，也格外有味道。
…但是
哇，真是嚇到我了。雖然已經設想過牛車速度不快，但沒想到竟然這麼慢。這樣根本不能用來外送披薩。絕對贏不了其他競爭店家。
不過，沒關係。贏不了也無所謂。根本用不著去競爭。如果能這樣從容地走下去，人生中就不會錯過重要事物了，不是嗎？讓我產生這種心情的，就是廣寶。
……
哇啊
我要看，我要看！
啊，左邊可以看到火龍果的…
哇！咦，
搖去 搖來
晃去晃來
不要站起來啦！
不是說過，這樣很危險的嗎。
搖晃 站起
震動 震動
震動 震動
轉身
迅速
搖晃
站起
哎呀
照相不停
啊，那裡的右邊呀，可以看到島香蕉樹喲。
就是綠色的小香蕉喲。
咦！ 咦！

就這樣，不知是漫長或是短暫，覺得緩慢又慢吞吞三十分鐘遊覽行程結束了。和廣寶留影紀念後，我們道別離開。
喀嚓
說beef
有空再來喲～
差不多中午了，大家肚子都餓扁了，於是我們去吃名產八重山蕎麥麵。
雖然菜色不少，但大家全點了八重山蕎麥麵。
八重山蕎麥麵！
咚
這、這是
呼，呼，唏哩呼嚕，這是什麼！超好吃的啦！
在那霸吃到的沖繩蕎麥麵是扁平的粗麵，相比之下，八重山蕎麥麵感覺比較像拉麵。
可是和拉麵相比，這又是另一種不同的清淡滋味，濃厚的精燉湯頭很鮮甜，是我從未吃過的新滋味。我很想徹底迷上這滋味，但如果沒有自家噴射機，根本無法在我家與這裡來回。
唔—真令人焦慮。
這個就是這麼美味。
啊—
真的是太好吃了。多謝招待。
當我猛然回過神時，發現腳邊多了一隻貓。
喵—
啊，那隻貓咪又跑來了啦。
哈哈哈
唉—真是的。只要轉個頭，那傢伙馬上就跑進來了～真是拿牠沒轍～
給我點吃的吧。
竹富島上有很多貓，好像老是跑進店內，讓店家也苦笑連連。從人與貓這樣的相處關係，似乎可以看出竹富島的悠哉生活…

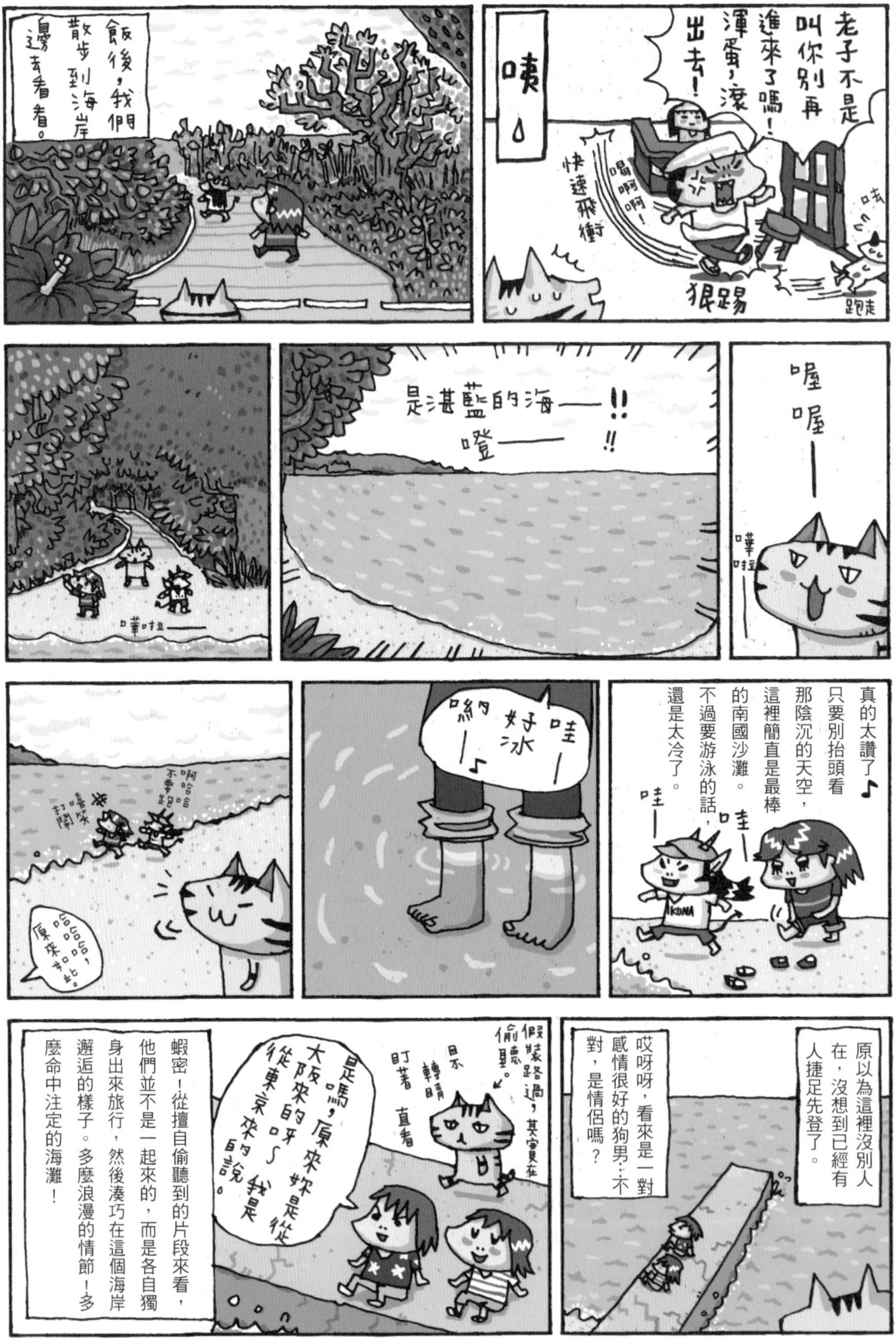

飯後，我們散步到海岸邊去看看。
老子不是叫你別再進來了嗎！渾蛋，滾出去！
嘖
喝啊啊！
快速飛衝
咳
狠踢
跑走
嘩啦——
是湛藍的海——!!
噔——!!
喔喔——
嘩啦
啊哈哈 不要跑
嘻笑打鬧
哈哈哈，原來如此。
哇 好冰——
喲——♪
真的太讚了♪只要別抬頭看那陰沉的天空，這裡簡直是最棒的南國沙灘。不過要游泳的話，還是太冷了。
哇——
哇——
KONA
原以為這裡沒別人在，沒想到已經有人捷足先登了。
哎呀呀，看來是一對感情很好的狗男…不對，是情侶嗎？
是嗎，原來妳是從大阪來的呀～我是從東京來的說。
假裝路過，其實是在偷聽。
目不轉睛盯著直看
蝦密！從擅自偷聽到的片段來看，他們並不是一起來的，而是各自獨身出來旅行，然後湊巧在這個海岸邂逅的樣子。多麼浪漫的情節！多麼命中注定的海灘！

妳接下來打算去哪裡？要在這裡停留多久呢？
我還沒決定好，還在猶豫呢～♪
嗚嗚嗚——要是我再早5分鐘來的話……
嘖～
咦——原來如此。佳子小姐是從大阪來的呀。其實我也是自己一個人出來旅行喲～啊，在那邊的沙灘上玩「來呀來追我，不要跑小壞蛋」遊戲的那兩人，我不認識。哈哈哈。
話說回來，我能如此幸福，遇到像妳這樣美麗的人，真的要感謝神明。總之，讓我們為石獅乾杯。♪
哎呀
謝謝你，石獅
嘩啦—
嘿嘿。
真是受不了
要回去了
他又在妄想些有的沒的了。
真棒真棒看到藍色的海，旅遊沖繩的心情也High起來了～♪
唰
唰
唰
唰
……才一轉眼啊，傾盆大雨讓人瞬間變成落湯雞
我們要回去了，渾身濕答答地回石垣島去
請諸位多保重～
掰掰
竹富島真是逍遙又美麗的島嶼。
再度搭上出租汽車，前往本日住宿處！
噗隆隆—
你們聽我說，我們今天要投宿的飯店很不得了喲～呵呵呵～那裡竟然是，竟然是…
南國度假風獨棟小木屋——！
噔——

正是南國度假勝地。
通過櫃檯大廳，來到中庭以後…
開——
導覽圖
小木屋聚集在一起
櫃檯大廳也在不同棟喲——♪
100 101
102 103
104 105
106 107
158 159
156 157
投幣式自助洗衣場
108 109
110 111
櫃檯大廳
小賣店
餐廳
超商
網球場
天氣晴朗的早上，可以看到椰子蟹在這條路上走來走去喲。運氣夠好的話啦。
喔——好棒。
好讚，真棒——
噔——!!
遼闊——!!
獨門獨戶～!!
讚喔——
對面就是各位的房間
這邊是投幣式自助洗衣間。
各位早安
快步走來走去
幻想——
石蓴天婦羅
三種小菜
豆腐乳
臭肚幼魚豆腐
炒苦瓜
噔——
石垣牛壽司
這讓我越來越期待接下來的沖繩生活了♪
放好行李後，我們前往可以大啖石垣島料理的餐廳。
要吃石垣牛嘍——
讚——

咕嚕
咕嚕
咕嚕
ORION
啤酒
噗哈
ORION啤酒真是太爽口了。
把新鮮的石垣牛生肉直接拿來做成壽司，也很好吃。
大口塞
石蓴（a-sa）天婦羅。a-sa指的並不是白馬騎士，而是「a-o-sa」，其實就是海苔啦。海潮香氣很促進食慾。
香脆好吃
不過，生肉雖然好吃，但既然是肉，就免不了採用某一種吃法。那是動物所無法模仿的，象徵人類文明的行為，其名就叫…
It's
烤肉
時間
香噴噴一!!
呼
哈
呼
哈
哈
好燙
好燙
好燙
還是烤肉最好吃～
香肉
大口
真好吃！
哈
呼
呼
哈
那麼，既然肚子都填飽了，我們就回小木屋去睡覺吧。明天是金子編輯我最期待的西表島搭乘獨木舟，快點回去睡覺吧。
AKUMA
明天見了，晚安。
隆隆隆隆隆隆隆
原以為很棒而投宿的南國度假風小木屋，竟然在隔天早上讓我們三人遭遇到完全事與願違的局面…
投幣式自助洗衣間

小澎沒經過詳細調查就一股腦兒亂說的沖繩名產專欄！
沖繩蕎麥麵篇

具有紀念性的第一次，要講的就是沖繩蕎麥麵。沖繩蕎麥麵雖然叫做「蕎麥麵」，裡面卻沒放蕎麥粉。麵條是用麵粉與鹼水做成的，其實就跟拉麵一樣。

據說，古早以前曾爭執過「沒有加蕎麥粉，卻叫沖繩蕎麥麵，這是在搞什麼鬼！給我改名！就像新加勢大周一樣，把名字給我改掉！」。可是，事到如今再討論這個問題……就像到了拿坡里以後才被告知沒有拿坡里番茄義大利麵……只是徒增困擾而已！因此，這碗麵現在已排除萬難，成為既不是日本蕎麥麵也不是拉麵或烏龍麵，而是完全原創的~~元祖加勢大周~~「沖繩蕎麥麵」，是一道地位無可動搖的沖繩料理。話雖如此，不過它的麵條就跟拉麵一樣，總忍不住想叫它沖繩拉麵。但它的麵條比拉麵還粗，幾乎跟烏龍麵一樣。

而且和拉麵不一樣，據說麵條煮好以後會先塗上一層油，再放涼。雖然真相不明，但似乎有了這個步驟後，麵條就會產生和拉麵不同的特有口感。就好比新加勢大周才有的肌肉吧！感覺那正是沖繩蕎麥麵獨一無二的地方。

編註：不論是元祖加勢大周，或是新加勢大周（坂本一生）都是日本演員明星。

至於湯頭部分，又大不同了，與其說接近拉麵，不如說更像烏龍麵的湯。
以柴魚乾及豬骨為底的湯頭非常爽口，就算每天喝也不會消化不良。雖然我沒有每天喝，不過肯定是這樣沒錯。
配料是用三層肉做的叉燒、魚板和蔥，這是必有的，聽說有些店家還會加入紅薑和煎蛋卷。
此外，經常耳聞的「排骨蕎麥麵」，則是在沖繩蕎麥麵裡加入排骨。那接下來自然就要提到那個排骨是什麼東東了。因為既沒有什麼好寫，也沒有耍蠢的梗，更沒有和坂本一生有關的重要插曲值得一提，所以簡潔來說，排骨就是「燉煮過的豬五花肉」，排骨蕎麥麵就是肉塊升級過的沖繩蕎麥麵了。

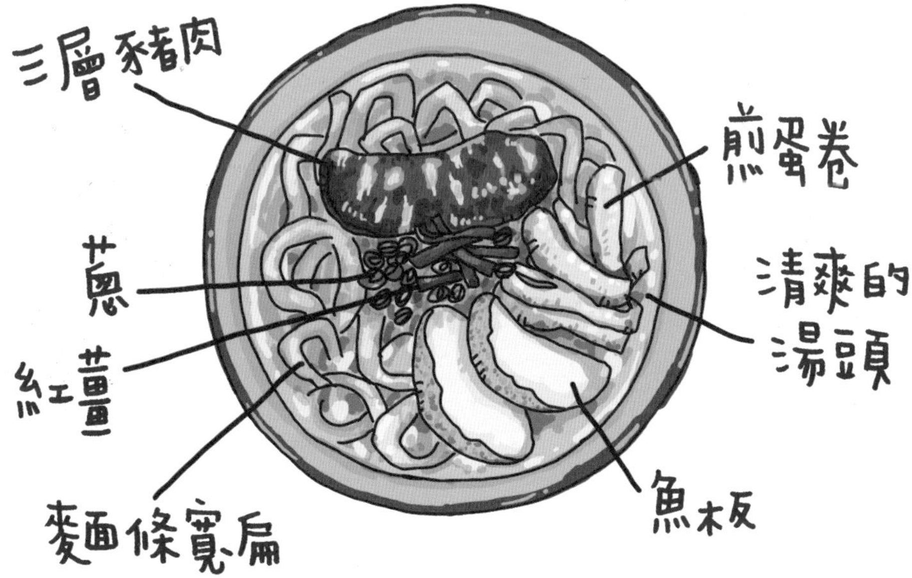
三層豬肉
煎蛋卷
蔥
清爽的
湯頭
紅薑
魚板
麵條寬扁

附錄專欄

沖繩的守護神
石獅就在這些地方——

在竹富島的民宅屋頂上，看起來一點都不像石獅，卻用非常棒的表情仰望著天空。

Yui-Rail車站的上方，石獅站在一個很像燕窩的臺子上，從左右兩側檢查乘客。

人行道旁，石獅就像種植在盆栽裡的花朵一樣被種排成一列。可能正瞪大眼睛監視著，讓人不要亂丟垃圾。

位於石獅超商的店鋪前，遭受到一點都不像守護神應得的對待。

5
竹富観光
666
Bon.

紅瓦屋頂與石牆、白沙道……這些正是沖繩的原本風貌。讓人感覺時光流動得很緩慢。搭水牛車進行島上觀光也很受歡迎。

為了上竹富島而前往石垣港。告知渡輪航行狀況的告示板上，貼著颱風消息以及停航通知……看來竹富島行應該能順利出發。

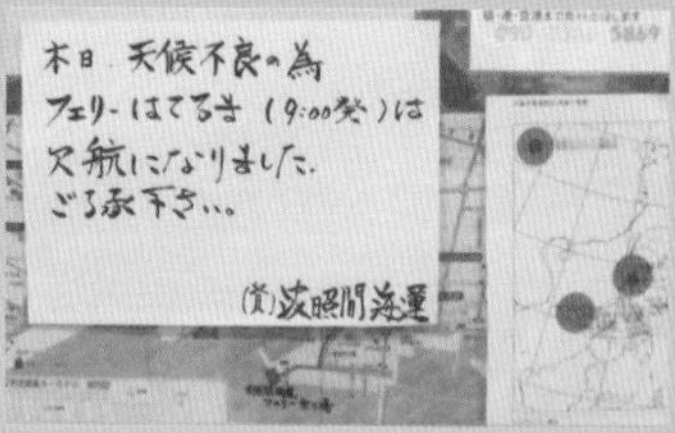

位於石垣島中心的「紅山丘」。爬上那座名叫「NAGOMI之塔」的小塔後，可以眺望整座島。是在觀光導覽資料上看到的景色～！

溜達到海岸去。雖然天氣陰沉沉的，但卻能充分體會海的美麗。回程路上又開始下雨了……

晚餐又再吃一次炒苦瓜。幾乎每間店都會有這道菜。壽司的料是石垣牛！難得來一趟，當然要享用～♪

中午吃名產—八重山蕎麥麵。在店裡的留言筆記本上寫下留言。

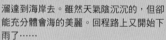

第三天
狂風暴雨的
南國度假勝地

3

沖繩第3天早上
鼾—
叮咚—
砰砰砰 砰砰砰!
呼哈~ 我馬上開門
喀嚓喀嚓
拉。
奇怪?門怎麼特別重…好像被什麼給壓住了…
嗚噫…噫…
投幣式自助洗衣間
咻咻咻咻咻
隆隆隆
啊!
這、這究竟是…
狂風大作
隆隆隆隆隆
啪沙啪沙啪沙啪沙
轟轟 轟轟 隆 轟轟
咻咻
啪沙啪沙
咻咻咻咻
隆隆隆
咻咻
隆隆隆隆隆
啊—!!
……
想先去確認情況,所以去櫃檯大廳(front)看看吧!
是櫃檯大廳!!
隆隆隆隆
咻咻咻咻
隆隆隆隆隆隆
沒看到椰子蟹
廢話
咻咻
隆
風強雨大
咻咻咻
嗚噫噫噫

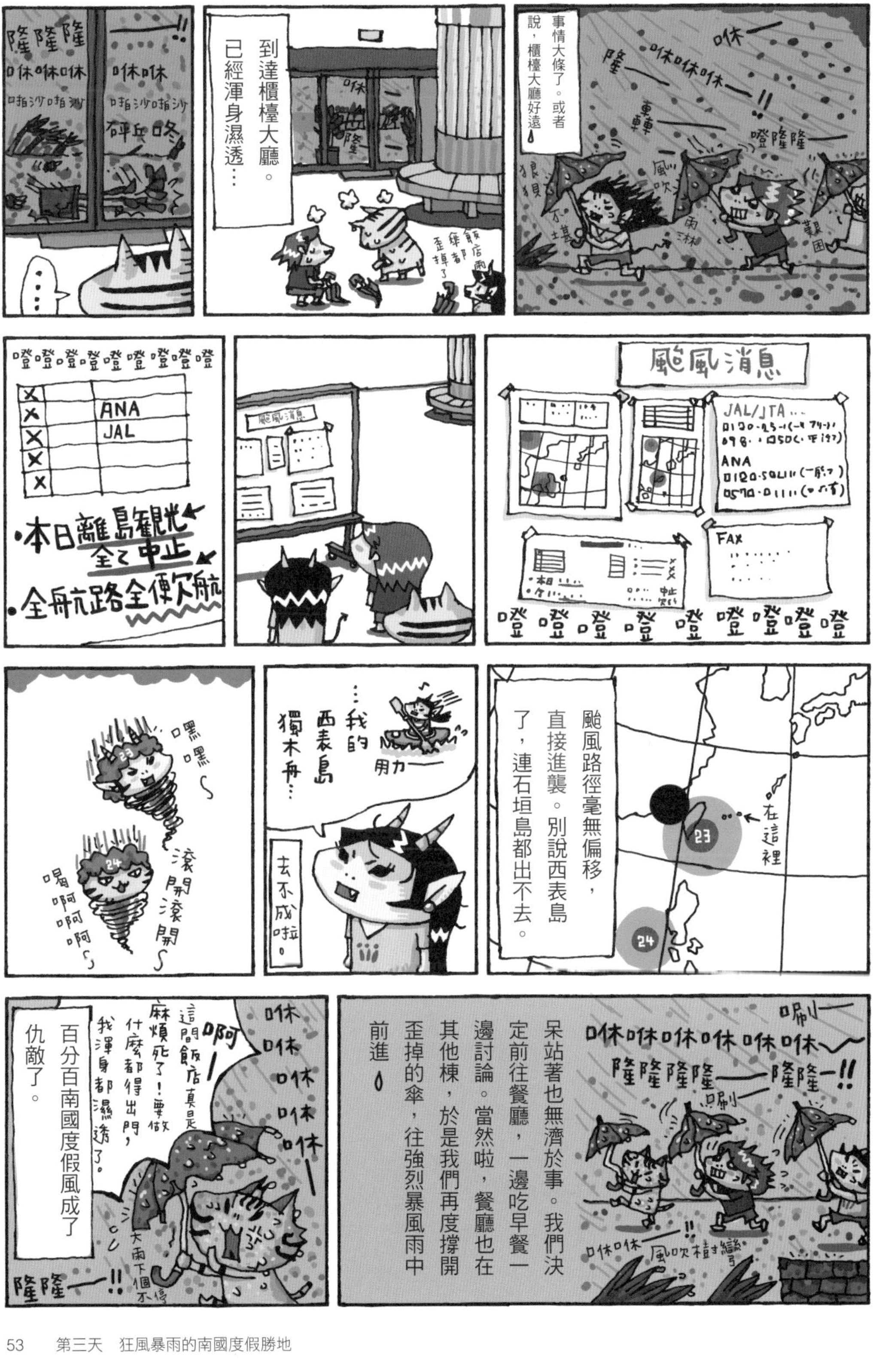

隆隆隆——!!
咻咻咻
咻咻
唏沙唏沙
唏沙唏沙
砰乒咚
……
到達櫃檯大廳。
已經渾身濕透……
事情大條了。或者說，櫃檯大廳好遠。
咻——
隆——
咻咻咻——!!
轟轟
噔隆隆
風吹
雨淋
狼狽不堪
艱困
噔噔噔噔噔噔噔噔噔
ANA
JAL
・本日離島観光全て中止
・全航路全便欠航
颱風消息
颱風消息
JAL/JTA
ANA
FAX
噔噔噔噔噔噔噔噔噔
嘿嘿
滾開滾開
喝啊啊啊
……我的西表島獨木舟……
用力——
去不成啦。
颱風路徑毫無偏移，直接進襲。別說西表島了，連石垣島都出不去。
在這裡
23
24
這間飯店真是麻煩死了！要做什麼都得出門，我渾身都濕透了。
啊!
咻咻咻咻咻——
百分百南國度假風成了仇敵了。
隆隆——!!
大雨下個不停
呆站著也無濟於事。我們決定前往餐廳，一邊吃早餐一邊討論。當然啦，餐廳也在其他棟，於是我們再度撐開歪掉的傘，往強烈暴風雨中前進。
唰——
咻咻咻咻咻咻~
隆隆隆隆——隆隆—!!
唰
咻咻

早餐是自助式
吶，吶，妳拿了什麼？有石垣島特產嗎？這裡的自助式早餐平凡得出人意外呢。
我呀，
拿了沖繩特產…
鳳梨♪
呵呵呵
阿～鳳梨呀。有沖繩的味道當地出產的，一定很甜吧——
就是說呀♪反正我拿了三塊過來，分妳一塊吧？呵呵。
唉——每次只要吃自助式餐點，都會想吃遍所有菜色，光選擇就會浪費掉很多時間說。
妳們看，我拿了很有沖繩味道的食物過來喲。♪
鳳梨♪
咚—
!?
整片—?!
拿了整片—？
沒錯沒錯。整片擺在那裡，想說就是要整片拿走，結果有個歐巴桑呀…
一直盯著看，然後突然迅速拿了三塊放到盤子上耶！竟然沒有全部拿走！就是有那種不懂禮節的人。
我夾
!?
震—
驚
沒禮節的是你吧——！
另外，我也拿了優格喲♪
妳那裡—?!
你不知道該怎麼吃自助餐嗎？
黏咪胡一片。

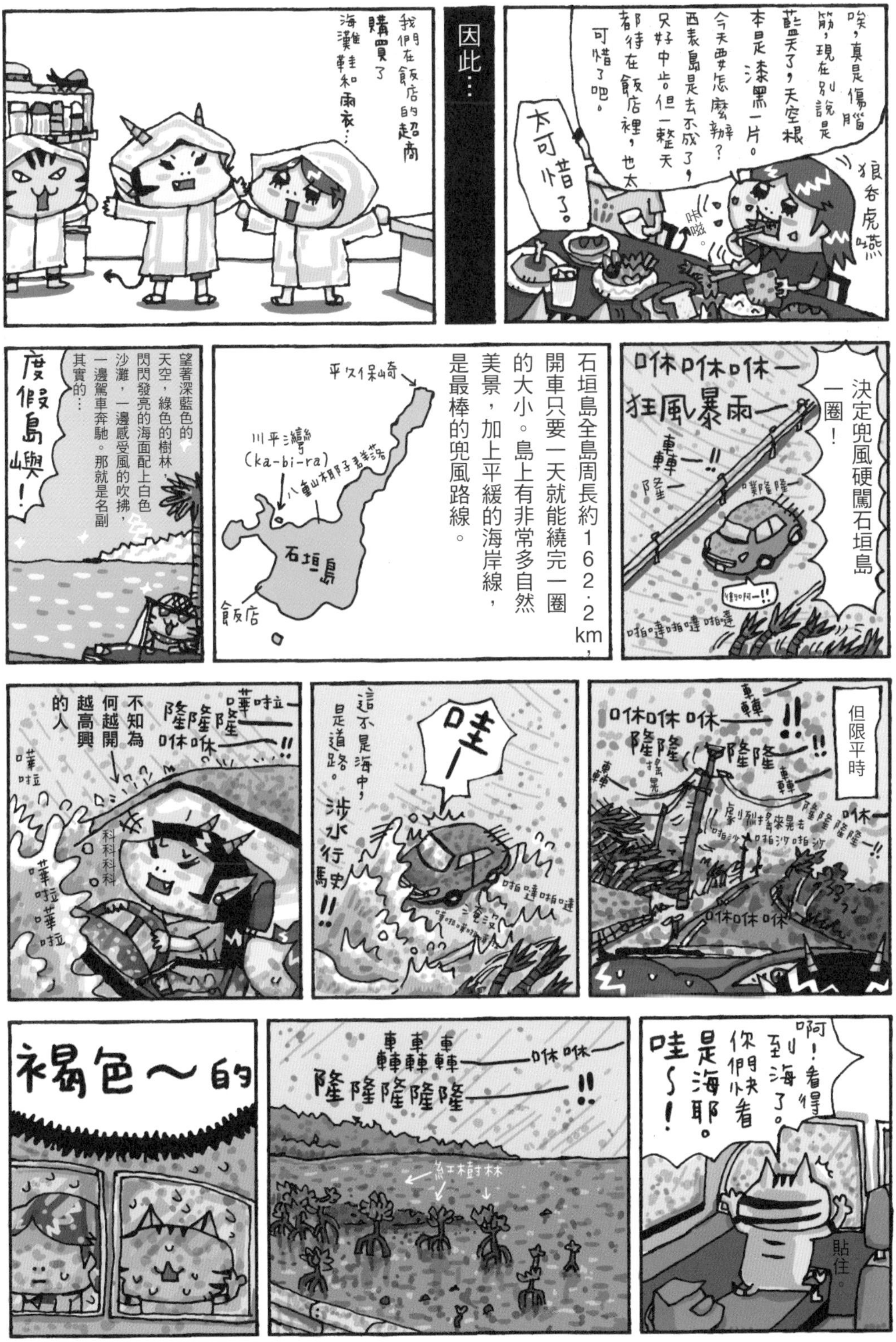

唉，真是傷腦筋，現在別說是藍天了，天空根本是漆黑一片。今天要怎麼辦？西表島是去不成了，只好中止。但一整天都待在飯店裡，也太可惜了吧。
狼吞虎嚥
咔嚓。
太可惜了。
因此…
我們在飯店的超商購買了海灘鞋和雨衣…
決定兜風硬闖石垣島一圈！
咻咻咻— 狂風暴雨—
轟轟—!!
隆—
噗隆隆
衝啊—!!
啪噠啪噠啪噠
石垣島全島周長約162.2km，開車只要一天就能繞完一圈的大小。島上有非常多自然美景，加上平緩的海岸線，是最棒的兜風路線。
平久保崎
川平灣 (ka-bi-ra)
八重山椰子群落
石垣島
飯店
望著深藍色的天空，綠色的樹林，閃閃發亮的海面配上白色沙灘，一邊駕車奔馳。那就是名副其實的…
度假島嶼！
但限平時
咻咻咻—!!
轟轟
隆隆—
隆隆—!!
搖晃
轟轟
轟轟
劇烈搖來晃去
隆隆隆隆—!!
咻—
啪沙啪沙啪沙
咻咻咻
哇—
這不是海中，是道路。
涉水行駛!!
啪噠啪噠
不知為何越開越高興的人
嘩啦—
隆隆隆
咻咻—!!
嘩啦
科科科科
嘩啦嘩啦
啊！看得到海了。你們快看是海耶。
哇〜！
貼住。
轟轟轟
轟轟轟—咻咻—
隆隆隆隆隆—!!
紅樹林
褐色〜的

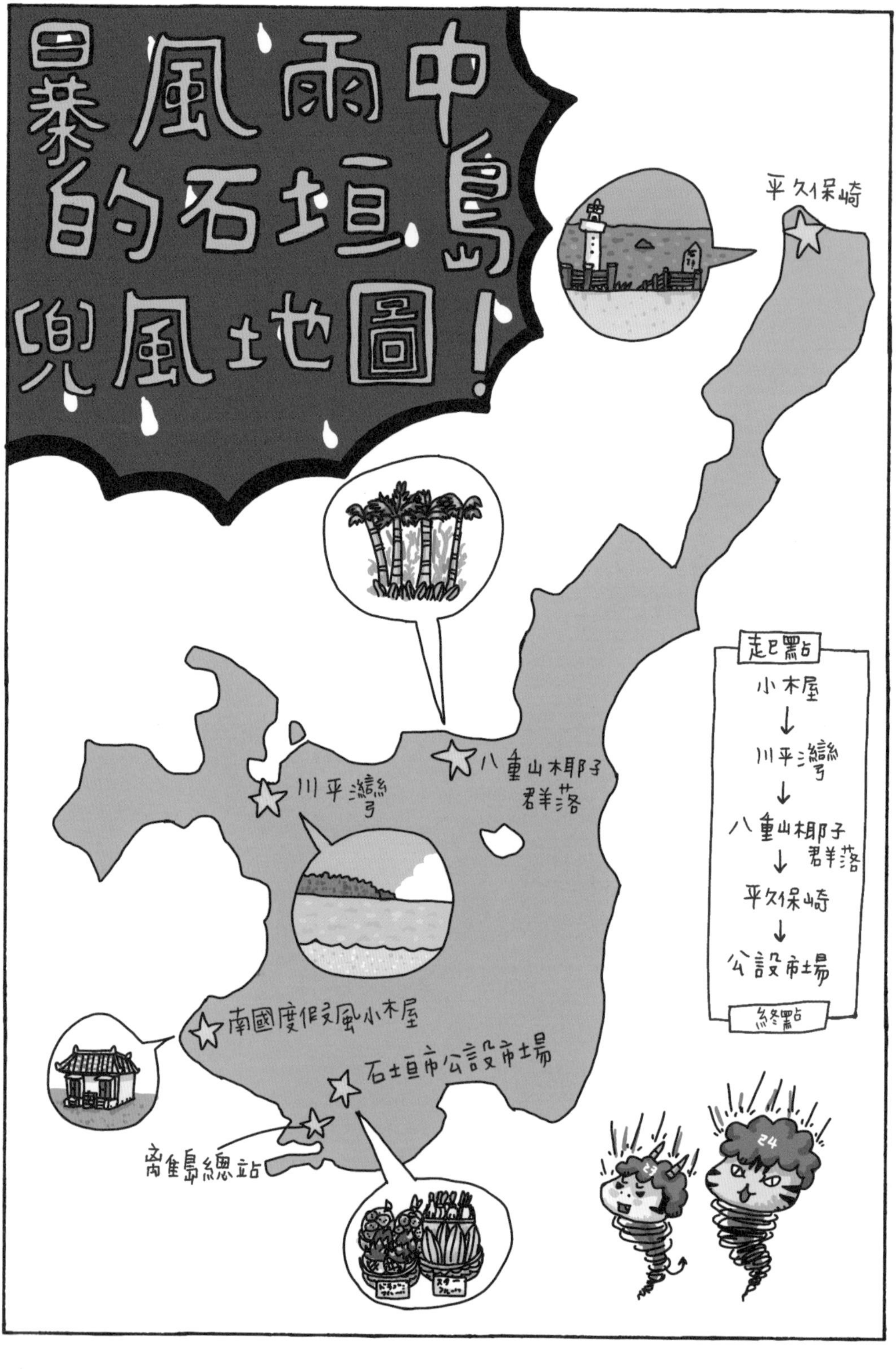
暴風雨中的石垣島兜風地圖!
平久保崎
八重山椰子群落
川平灣
南國度假風小木屋
石垣市公設市場
離島總站
起點
小木屋
↓
川平灣
↓
八重山椰子群落
↓
平久保崎
↓
公設市場
終點
23
24

川平灣
這裡是被選入日本百景的美麗青綠色遼闊海域。據說也是石垣島最漂亮的海灣。
喔——因為這裡是海灣形狀的關係吧？海水好藍喲 真漂亮～♪
咻咻
啪沙啪沙啪沙
真不愧是青綠色之海！
轟隆轟隆——!!
咻咻——
咻咻——!!
咻咻——!!
載沉
載浮
只限顏色！
咻咻——隆隆隆——!!
!!
隆隆隆——!!
風超強雨超大
緩慢
啪沙啪沙
啪沙
隆
隆
隆……
旅行用品
旅行前準備～要帶去沖繩的東西——要選什麼好呢——♪
透明塑膠盒
海中拍照
防水相機盒
喀嚓喀嚓
幻想中
防水相機盒嗎～有這個很方便呢。潛水的時候就能用了♪
咻——!!
咻咻咻咻咻咻——!!
唰——!!唰——!!
我拍我拍
嘩啦嘩啦嘩啦
沒想到竟然是在陸地上使用……
咻—— 咻咻咻咻——
隆——
!!
隆隆隆——轟
轟
咻——!!
努力拍呀拍
很好！雖然拍得很爛，但有拍到就OK了。接著去看壯觀的椰子樹。
咻咻咻——
隆隆隆隆——
咻咻咻——
轟
轟——
轟——
隆隆——
啪噠啪噠

八重山椰子群落
聽說這裡生長了許多世界上唯有石垣島及西表島才有的珍貴椰子樹。
是叢林！
好壯觀
啪噗
有河川！？
唰—
唰—
椰子樹好大—
唰—
抵達群落地
八重山椰子樹超～高的。
我們不是椰子樹博士，所以看得霧煞煞，不過總而言之……
哇—
好高
似乎有7m左右
這裡也長了這種東西喲。

群落入口處有一家賣熱帶風味果汁的小店。
ジュース
トロピカルジュース
石垣島
哇—♪好想試試看甘蔗汁喲。
果斷
一點都不好喝喲。
咦咦？好嶄新的推銷詞！
シークヮーサージュース
パインジュース
グァバジュース
海人
石
如果不是夏天之類的酷熱季節，甘蔗會很青澀，一點都不好吃。
原來如此。可是，不在沖繩就喝不到，所以還是買了。
閃亮登—場!!
甘蔗汁製造機！
①打開電源，把甘蔗插入滾輪之間。
嘿伊！
插入
②絞得粉碎。
噼哩啪啦
噗嘰嘎啦
絞得粉碎糊爛
咔咔咔咔
③擠出來的汁液會流入下方的容器內。
完成！
倒
很機械動性
喔喔！
簡潔易懂的構造。
請來，用—
遞出
噔噔噔噔
綠毬藻汁？
好厲害的顏色。
驚—
要喝了。
大口喝下
啊——
不怎麼好喝哩。
有甜甜的青草味。
鳳梨果汁
火龍果汁
要的話，我可以跟妳們交…
才不要。
她們的看起來好好喝。
熱帶風味真美味

平久保崎
石垣島最北端的海角。
但已經…
咁啪咁啪—
咻咻——!!
嘩啦—!!
澎湃—
隆隆隆
吼吼—
隆隆隆咻—
咻咻—
喀啦喀啦喀啦—
轟隆—
轟—
雨超級大—
風超級強——!!
…
…
轟隆隆—隆—！
咻咻咻咻—！
轟隆—
慘了——
這根本是去找死吧
喀啦喀啦喀啦喀啦哩啦啦！
事情好像很大條了。
颱風現在就在我們面前
一樣！怎麼辦？
…
還是別出去吧…
安啦！走快一點看一下那座燈塔就回來。難得都來了。
咦？不先把雨衣穿好再下車的話…！
好—
那就去吧！
抓起。
別擔心。車裡很窄先去外面再迅速穿上，比較有效率！我先下去嘍。
轟—
打開
咻咻—
轟—
隆隆隆—
咻—
咻咻—
關上
迅速地往前跑
隆隆隆—
咻咻咻咻——!!
隆——
轟—
撐開
飛過來飛過去
咻咻咻——!!
轟—
不停飛呀飛呀—
轟轟轟
隆——
飛舞——
隆隆
我甩
啪噠啪噠…
蓋布袋
!?

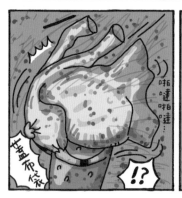

嗚嗚咕咕
啪噠啪噠啪噠
咻咻
轟轟
掙扎抖動
咻—
咚咻咻咻——!!
呵——
轟隆——!!
咻咻——!!
…
…我們還是在車裡穿好雨衣吧。
嗯
可是，在車裡穿好後，一出來…
咻咻咻咻—!!
轟隆隆隆隆—!!
強風吹雨衣飛
抖個不停
已經是極限了。
咻咻咻—!!
隆隆隆—!!
轟轟隆隆隆—!!
附帶一提，平常就像這樣美麗得過火喲。
藍到不能再藍—!!
金子編輯，我已經沒力氣再到外面去了，請開到有屋頂的石垣市公設市場。
請帶我去不會被颱風吹飛的寧靜之地。
轟隆隆—
咻—
咻咻—
咻咻
遵命—(淚)
隆—
轟轟—
噗隆—
颱風那渾蛋真是太霸道了~不過，這種天氣還跑到外面去的我們也不對！
打從一開始，我們就該去室內市場悠哉地購物才對。
石垣市公設市場
一樓擺滿了各種生鮮食品是也——
石垣市 公設市場
¥7,500
琳瑯——滿目

喔！是火龍果。嗯？右邊那個第一次看到。是什麼？
スターフルーツ
Star fruit?!又是一種聽起來和火龍果不分軒輊，感覺很神祕奇幻的名字喔。是哪邊像星星…
轉來轉去
啊—
閃亮—☆
發現star fruit了
請給我一盒切好的♪
這麼一來，我們也成為星星的夥伴哩！
星星—!!
請店家切好了—♪
帥呀，star fruit!
多汁
爽脆
咔嗞 咔嗞 咔嗞 咔嗞 咔嗞 咔嗞 咔嗞 咔嗞
唔—外表和口感很像超級巨星，可是味道…很淡。明明是巨星，味道卻很含蓄。
我吃飽了
我吃夠了。謝啦
這應該就像不是用內在實力打敗敵手的演員，而是重視外表的偶像。也就是站在頂端受人奉承的類型吧。
被放在這種地方，就能發揮真正的價值。
哇—是星星耶，媽咪—♡

就這樣，因為肚子餓了，就來去吃滋味濃郁的烤肉吧。
咻咻咻——
嗯—時候不早了，還營業的店家沒幾間…啊，那間是不是食堂？賣什麼菜的？
咻— 轟
咻咻咻— 轟轟
呃—我看看…招牌上寫什麼呢？嗯——山？…山…羊
咻咻—
最後終於找到賣牛肉的店了♪
石垣牛 牛たん 創作
哇~
隆隆隆—
咻—
嗯—沒有，沒有。什麼都沒看見。
嗚、嗚~。山羊啊？我沒吃過山羊，但常聽人家說味道很恐怖耶……
やぎ汁
山羊湯
ヤギ食堂
咩——!!
真滿足♪
大口大口吃肉
噴汁
石垣牛BBQ!
真是的——什麼鬼南國度假呀。到處都是雨水，濕答答的。誰受得了啊，真是的——
打酒嗝。
石垣島地啤酒
唉，累死人了。晚餐也吃完了，今天就回飯店去睡覺吧…希望明天颱風就消失不見…
咻咻咻—
傘開花!!
啊
啪
咻咻—!!
也開花!!
啊
噗噗噗
才不會開花哩♪ 你們那是什麼眼神。
瞪
盯
…

生長於沖繩的動物們

水牛

在水邊或沼澤時，比牛還有效率，通常會被安排到水田等地工作。在沖繩，牠擁有的強勁牽引力受到高度評價，因此被用來拉觀光用水牛車。一次可以載運很多人，但卻慢到令人髮指，因而不適合當作通勤工具。

石垣牛

高級黑毛和牛。十分抱歉，在把牠視為一種動物之前，我已經完全把牠當成肉塊看待了。不過，很好吃。

阿古豬

美味的黑豬。數量稀少，所以很珍貴。我認為是因為太好吃了，讓人忍不住吃過頭，結果就變稀少而珍貴！

狐獴

在為劇毒蝮蛇所苦的沖繩，為了驅除蝮蛇被從印度附近挑選過來，作為抵抗蝮蛇用最終生物兵器。不過，相對於老是在深夜裡跑出來吐舌頭的夜行性動物蝮蛇，狐獴不但是日行性動物，而且一到夜晚就睡死，完全無法完成居民的期待。不僅如此，牠還把不能驅除的野口啄木鳥、山原水雞以及具志堅家的蛋全部狼吞虎嚥地吃光了。因此，本身現在變成了被驅逐的目標動物，從追趕者淪落為逃亡者，牠的戰鬥還沒結束。

蝮蛇

說到沖繩的蛇，就是蝮蛇了。有劇毒，所以看到牠的時候，千萬不要去碰，趕緊聯絡狐獴吧！不過，人家晚上在睡覺，不要去打擾喲。♪

譯註：具志堅用高出生於石垣島，是日本的職業拳擊手及演員。

山羊

就是把別人寄來的信連讀都沒讀就吃掉而聞名的山羊。不過，在沖繩，山羊才是被吃掉的那一個。會被燉煮成湯。

雖然沒吃過，但我覺得沒吃也無所謂。所以我想就這樣pass過去…

與那國馬

在與那國島上，自古以來，這種矮肥短的馬便被安排去做農耕或搬運工作。不怕人，個性溫吞。

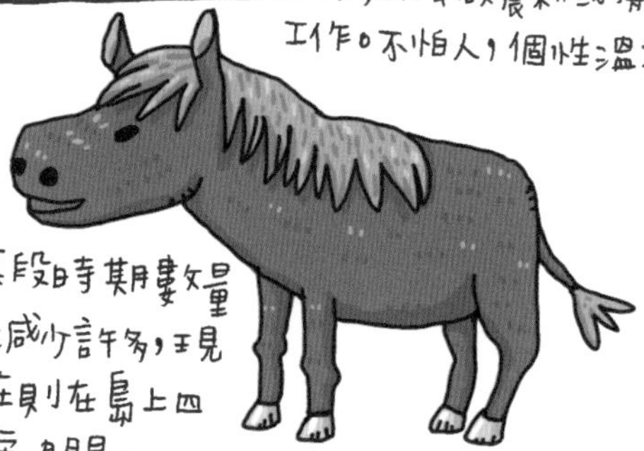

某段時期數量減少許多，現在則在島上四處閒晃。

西表山貓

只有西表島上才有的珍貴野貓，啊不對，是山貓。耳朵圓圓的，眼睛就好比YODO卯「光」的蛋黃。呈深黃色。這次沒有順利遇到。你這害羞的傢伙。

儒艮

據說是人魚雛形的哺乳類動物。「這傢伙如果是人魚，我家老婆就是妮可·基嫚了！」幾乎可以聽到世上的男人們發出這種悲嘆，牠就是這麼不像人魚。這絕不是人魚（淚）。

山原水雞

如同名言所說：「不會飛的鳥，就只是山原水雞」，牠不會飛。雖然畫得有點像鵪鶉，但好像有30cm，是一般雞隻大小。

野口啄木鳥

這不是笑點很低的野口同學，而是啄木鳥。數量很少，請大家好好愛護。

編註：啄木鳥日文和笑聲的擬聲語類似。

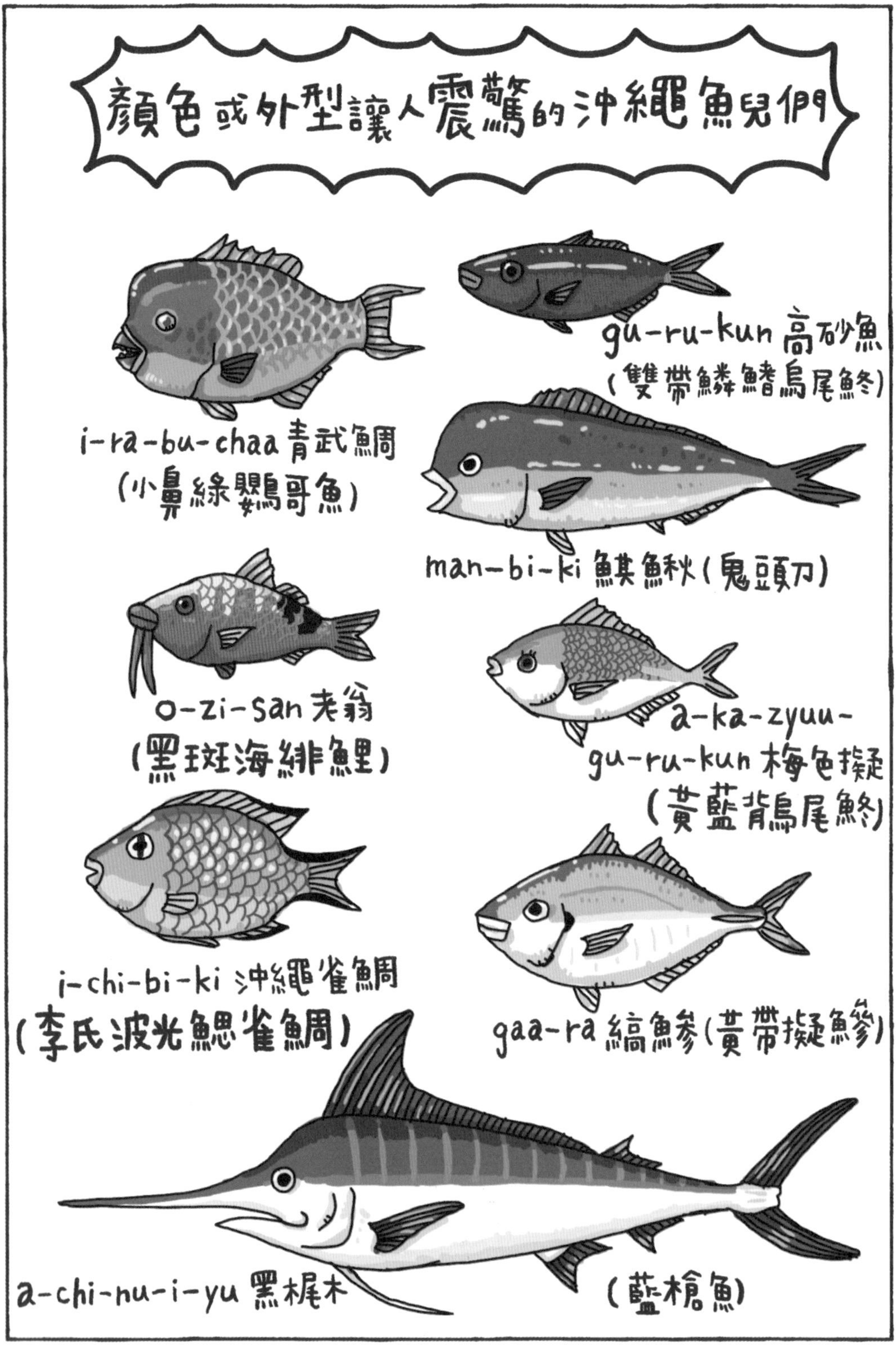
顏色或外型讓人震驚的沖繩魚兒們
i-ra-bu-chaa 青武鯛
(小鼻綠鸚哥魚)
gu-ru-kun 高砂魚
(雙帶鱗鰭烏尾鮗)
man-bi-ki 鯕鰍(鬼頭刀)
o-zi-san 老翁
(黑斑海緋鯉)
a-ka-zyuu-gu-ru-kun 梅色擬
(黃藍背烏尾鮗)
i-chi-bi-ki 沖繩雀鯛
(李氏波光鰓雀鯛)
gaa-ra 縞鰺(黃帶擬鰺)
a-chi-nu-i-yu 黑梶木
(藍槍魚)

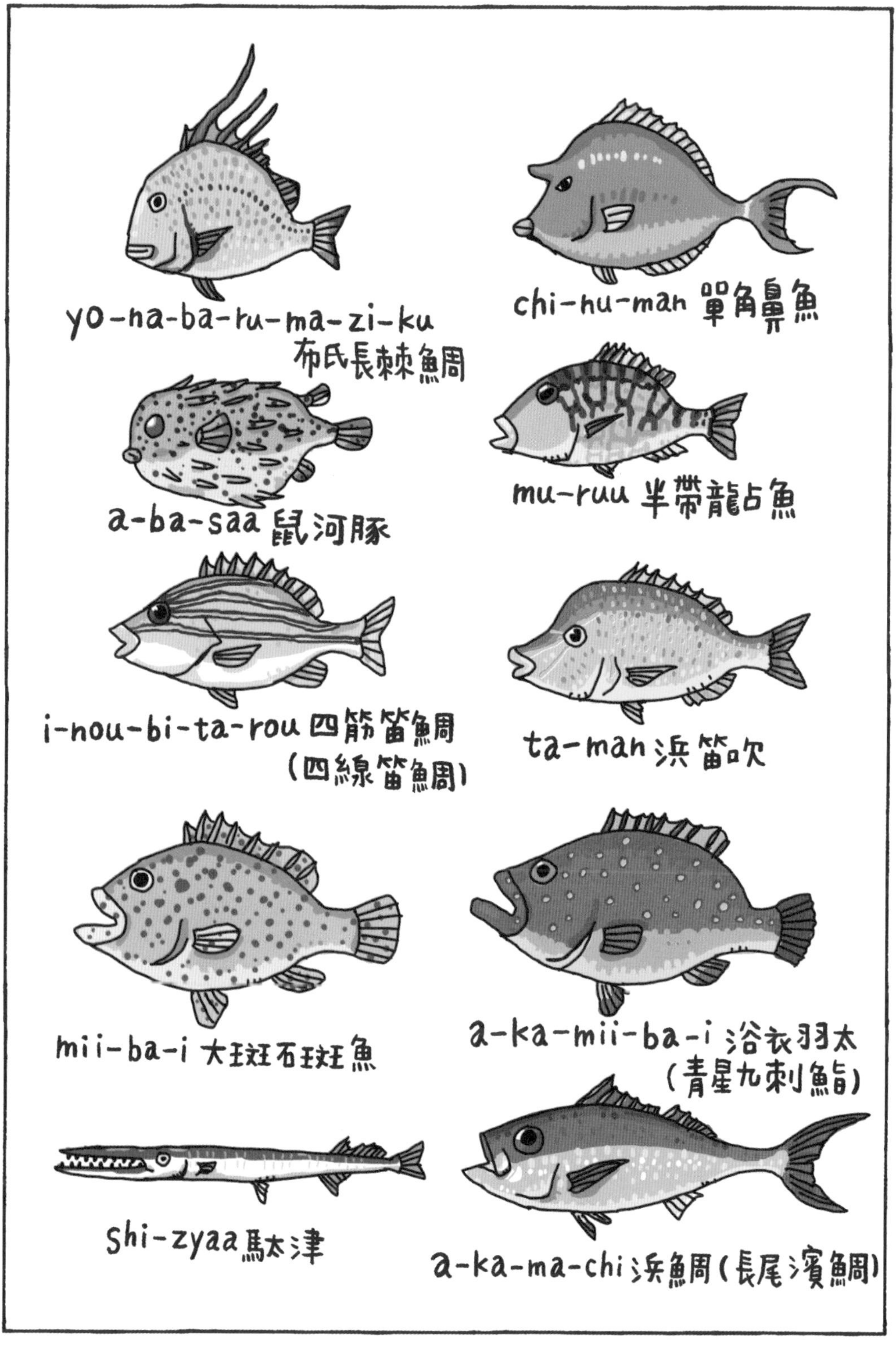
yo-na-ba-ru-ma-zi-ku 布氏長棘鯛
chi-nu-man 單角鼻魚
a-ba-saa 鼠河豚
mu-ruu 半帶龍占魚
i-nou-bi-ta-rou 四筋笛鯛 (四線笛鯛)
ta-man 浜笛吹
mii-ba-i 大斑石斑魚
a-ka-mii-ba-i 浴衣羽太 (青星九刺鮨)
shi-zyaa 駄津
a-ka-ma-chi 浜鯛(長尾濱鯛)

澎湃野吉沒經過詳細調查就一股腦兒亂說的沖繩名產專欄！八重山蕎麥麵篇

因為第一回的沖繩蕎麥麵廣受好評，於是第二回的八重山蕎麥麵篇就（早早）上場嘍！

「又是蕎麥麵哦！沖繩名產還有很多可以說吧？老是說蕎麥麵，會讓人以為沖繩就只有蕎麥麵耶！要不然就是原本打算把這一篇跟第一回的沖繩蕎麥麵一起做說明，可是老毛病犯了，沒決定好要寫什麼東西就東扯西扯扯一堆，連不必要的東西都寫進去了，導致頁數不夠，才拖到第二回吧！」

……沒、梅乾，不對，被說中了。可是，新加勢大周的壞話就到此結束！再繼續下去，連第3回都會變成八重山蕎麥麵了！

譯註：日文裡的「梅乾（u-me-bo-shi）」與「被說中了（zu-bo-shi）」的發音相近。

所以說，所謂的八重山蕎麥麵，基本上和沖繩蕎麥麵一樣。最大的差異在文中也有提到，就是麵的形狀。

沖繩蕎麥麵就跟烏龍麵一樣，麵條又寬又扁，相比之下，八重山蕎麥麵的麵條則是又細又圓。雖說細，但比起拉麵來較粗。簡單來說，這種粗細程度，在拉麵界的話，會被說「唔喔！八重山先生好壯喲——！平常你都在做什麼訓練～下次拜託帶我一起去健身房吧！我好崇拜你。」但如果在烏龍麵界，就會被說「喂，那邊那個看起來風一吹就倒的瘦子，去幫我買麵包來。」

不過，這種既不是動物也不是鳥類，看起來不上不下的蝙蝠式麵條，才能讓人充分品嚐到比拉麵還清爽的清淡湯頭纏繞在麵條上的小麥香所形成的一種絕妙平衡！這段是剛剛想到的，寫起來很自得意滿，但我是四年前吃的，所以描述得也很古怪。

不過，我記得十分好吃。

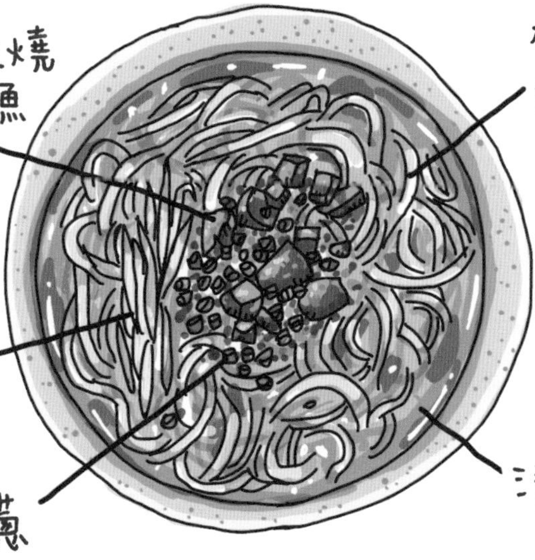
切丁的叉燒肉，也有魚板。
麵條很細，就像拉麵。
豆芽菜
清爽的湯頭
蔥

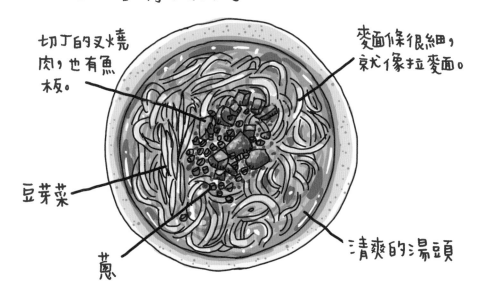

澀澤野吉沒經過詳細調查就一股腦兒亂說的沖繩名產專欄！泡盛辣椒醬篇

喲呀！真令人驚訝！本專欄要繼續進入第三回嘍！第二回才剛結束，第三回竟然就緊接著登場……這專欄是有多受歡迎啊！我要澄清，絕對不是因為這個專欄只要亂寫一通就可以交差，太輕鬆了，所以作者想多弄幾篇這種隨便胡言亂語的專欄喲！啊，明明就叫「亂說的……」專欄。我、我絕對沒有胡言亂語喲！絕對不要誤會啊！

好，差不多也該開始了。第三回的題目就是這個！沒錯沒錯，就是這個，泡盛辣椒醬！呃，等一下～這個不是沖繩蕎麥麵的佐料嗎？又跟蕎麥麵（So-ba-）有關嗎——厚——你夠了喔。快點離開好不好——從蕎麥麵——從那傢伙身邊（So-ba-）離開——我一定會給你幸福的——！

所以說，快離開那傢伙的身邊（So-ba-），到我身邊（So-ba-）來吧—永遠留在我身邊吧～留在沖繩

編註：「蕎麥麵」和「身邊」日文發音皆為so-ba。

蕎麥麵這邊吧～！到底是在扯哪邊跟哪邊啊！

所謂的泡盛辣椒醬，是把沖繩名產島辣椒醃在沖繩另一項名產泡盛酒裡，然後裝罐的辛辣調味料。是沖繩蕎麥麵必備佐料的第一名，沖繩店家的桌上大都會放著它。就好比拉麵一定要有胡椒粉，烏龍麵一定要有七味粉，~~新加勢力大周一定要有無袖背心~~，是可以把主角的魅力發揮到極致的美妙道具。對了，說到美妙，就想到這個泡盛辣椒醬裝在瓶子裡的模樣，看起來十分時髦又美妙。透明瓶子裡，染了一層淡綠色的泡盛和漂浮的小小島辣椒的橘子色米子粒相互映襯，真的非常漂亮。伍斯特辣醬根本無法比擬。真希望瓶子上面不要貼標籤，把泡盛辣椒醬當成讓人想拿來裝飾的調味料。

投宿的小木屋。第三天開始下起雨來。傘要是不用兩隻手緊緊抓著，會被吹飛。風不斷灌向門，開門要費很大的勁。

在石垣島最北端的平久保崎，暴風雨強到讓人連站都站不穩。身上穿著雨衣也會瞬間被吹翻，人馬上就變落湯雞了。

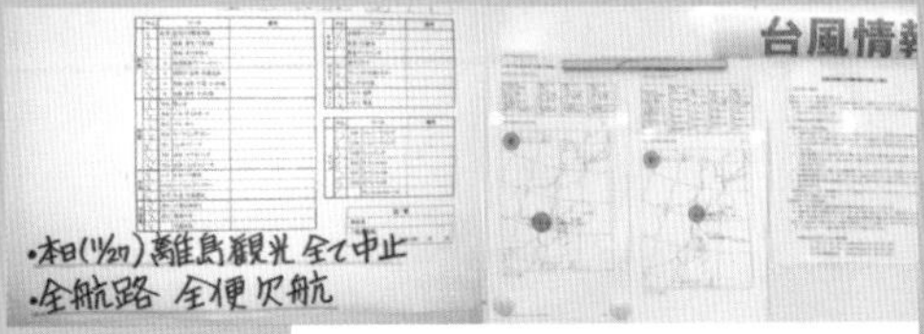

石垣島最棒的自然勝地——川平灣。只有顏色是漂亮的藍色，那洶湧的海浪與強勁的風，果然是颱風來臨了。

風勢這麼強，似乎是颱風直撲而來……，而且還來了兩個。預定要去的西表島只能悽慘放棄……

前往天然紀念物——米原的八重山椰子樹群落。這裡簡直是叢林。途中下起雨來，道路變成小河流了。

晚餐後在回去的路上，這兩個人的傘都壞了。傘骨也露出來了。

在市場附近吃晚餐。因為是靠體力支撐的取材，每天必不可缺少肉類。

第四天 在山羊湯中感受抵達日本最西端的感動……

4

沖繩第4天
颱風的暴風雨圈已經過了，天氣還是很陰沉。但不再被風吹跑，就是不幸中的大幸了。
交通也慢慢恢復正常了。朝著先前預訂好的最西端之地，出發前往與那國島。
與那國島
日本最西端!!
世界最大的與那國蠶
飛呀飛
好大
花酒 60°泡盛
長了很多長命草
可以釣梶木魚
著名連續劇的外景拍攝地

譯註：梶木魚是旗魚的別稱。

我們最大的目的，是環遊號稱日本第一的地點，使身上充滿日本第一的光環。而為了將來成為日本第一插畫家每日走遍各地的作者澎湃野吉，當然要前往日本最西端。
歡迎
與那國島導覽地圖
YONAGUNI
所以說，如同與那國島機場大廳的導覽地圖上所寫的「面積雖小，物產豐富」，這裡似乎有很多東西，因此決定租車環島，四處看看。
對了對了，這裡另一個特別有名的，就是那個。這座島竟然…
就是那齣著名連續劇小孤島大醫生的外景拍攝地是也。
五島醫生的家
五島醫生
該打針了。醫生
容我說明一下。小孤島大醫生是一齣從二〇〇三年播放到二〇〇六年，中間分為第一季、特別篇、special篇以及第二季，由富士電視臺推出的超受歡迎連續劇。作為故事舞台的虛構島嶼志木那島，其實就是這座與那國島！
我們這次造訪的時候，連續劇已經結束一年左右了，但所有島民們至今依然非常喜歡小孤島大醫生。島上的每個地方都貼了海報，比起最西端，感覺他們更加推崇小孤島大醫生。
五島醫生
哇
嘩
例如去租車來環島，拿到對方借的地圖時
出租腳踏車
出租摩托車
出租汽車
是這個耶♪
對方給的竟然是外景拍攝地的地圖！
可是照片和製作卻像與那國島的導覽手冊。
与那国島
Dr.コトーロケ地マップ
其實是連續劇專用地圖。
而且還理所當然地送小孤島大醫生的原聲帶作為禮物（？）。似乎是要人把這當背景音樂來兜風吧。
這個拿去聽吧。
汽車出租
你們是有多喜歡五島醫生啊…
啊、謝謝。

噹——啦——啦——
啦——啦啦——♪
啦啦啦——
啦啦——啦啦~♪
厚聲帶
噗隆隆隆隆——
唔嗯，一邊聽著連續劇的音樂，一邊兜風遊覽外景拍攝地，劇迷一定會高興得不得了吧——♪
氣氛也被炒熱了吧~♪
嘿嘿嘿……有件事實在很難講出口，其實我沒看過這齣連續劇。
……怎樣？很好看嗎？
!!
!!
竟然是沒看過三人組，在進行環遊外景拍攝地的兜風之旅。
……天知道。
……我沒看過……
…
嗯，這張小孤島大醫生的外景地圖說，那裡轉彎就到了。
好像就在那裡，在連續劇裡出現的「明爺爺的西瓜田」！聽說是大家強力推薦的地點♪
明爺爺的西瓜田
小孤島大醫生裡數一數二的名場景！
但我們都沒看過，抱歉。
儘管是名場景 鴉雀——無聲
咦……呃……
……
……
啊，不過呢要是沒有秋男爺爺對那片西瓜田付出的熱情，五島醫生也不會採取那樣的行動呀。這是感人落淚的場景。
呵呵呵，其實我有看過♪
…
氣氛實在太冷了，於是就有人不懂裝懂，開始講起連續劇！
!?
就、就是說啊。因為有那位阿木大叔（a-ki-o-zi-san）的西瓜田的豐收，五島醫生在島上的飲食生活與營養方面的擔憂，和其他各方面……呃，讓我看了都想哭呢！
想接話題，卻搞錯a-ki-o-zi……的意思，結果失敗。
「再這樣下去，我們就等於允許希臘士兵的入侵了！用西瓜！用西瓜把城門的洞塞住！」亞奇王子（a-ki-ou-zi）對聚集過來的部屬們下達了這個命令。妻子亞奇王妃見狀，開口說：「親愛的，用一大堆大玉西瓜去塞住如何？」結果……
別說a-ki-o-zi了，整個TPO根本都搞混了，所以失敗。或者該說，劇迷們都快跳起來罵人了，還是別再說下去了。
……接著是由加莉被直升機載走的地點、五島醫生掉落懸崖的地點、邊吃黑糖邊走過的路，要去嗎？
……那些等下次有機會再去吧。
噗隆隆隆隆——
強烈建議大家，先看過連續劇再來與那國島——

譯註：所謂的TPO，是指時間（time）、地點（place）和場合（occasion）。

不過，別擔心！
就算沒看過小孤島
大醫生，感受與那
國島之美，並不需
要預習任何知識！
看看這條海岸線！在我們面前延伸開來的水平線實在太過遼闊了！而且景色優美，還有…
發現牛！
你們好
牛
發現馬！
與那國馬
吃個不停
馬
成群結隊
接二連三
冒出
嗚哇—
越來越靠過來了！
嗚嗚嗚哇哇哇！！！
摸
這種放牧也太自由了！總覺得這與其說是放牧，倒不如說整座島都是牧場吧？四處都看得到牛和馬。
又摸又怕
草好好吃
所以說，草地上也四處都是大便。
真危險
沙灘上，可以撿拾混在美麗海沙裡的小貝殼或珊瑚碎片。是度假勝地♪
珊瑚？
貝殼
咚乒
嘩啦—
咚乒♪
但背後卻是津輕海峽的冬天景色。
是日本海嗎！
接下來，差不多該前往與那國島第一目的地，日本最西邊的西崎海灣了—♪
千萬不可以唸成ni-shi-za-ki。因為這裡是太陽下沉（沒入）的方位，所以要唸成i-ri-za-ki—
我要下去了
與那國名產梶木魚有
西崎
日本最西端。位於小山丘上，走散步專用道上去後，就有燈塔和紀念碑。

這裡最大的賣點，除了日本最西端以外，因為是西方，所以也是可以看到日本最晚的夕陽的浪漫景點。可是，現在還是中午，暫且…
快步往前奔跑
成功變成日本第一（在西端）插畫家
噔
日本国
最西端之地
很好——繼北海道的最北端、最東端之後，現在連最西端也成功了。接下來要朝波照間島的最南端前進嘍——！
只剩一個就完成東西南北了。
而且，這裡實在太西邊了，天氣好時，可以從展望台看到臺灣呢！
九州
中國東海
沖繩
臺灣在這裡
西崎在這裡
石垣島
與那國島
當然，這次看不到…
大概在這裡
真受不了。從以前到現在，像這種說什麼「天氣好的話，就可以看見○○」，我從來就沒順利看見過。好比北海道美幌峠那一次，或是從富士山看富士五湖，就連當初義大利的藍洞也沒能順利進去。說起來，在這套系列書裡，根本就沒遇見好天氣吧？明明是旅行遊記的。
討厭。
雨男1號
雨男2號
都是你們兩個害的吧！
林投果
生長於南方島嶼，屬於露兜樹科的常綠小喬木。在與那國島的海岸附近長得很茂盛。
人類不太常吃它，但椰子蟹們給予它很好吃的評價。
成熟時
如圖所示，果實和那個非常相似，因此…
喔喔?!
這個是！
喂——這裡長了鳳梨耶～！
咦
永遠都會有這種可憐蟲。
真的耶～♪
真不愧是南國～是鳳梨耶～！
用手機拍下來，上傳到部落格♪
拍照
是林投果
請多加留意雷同品。

南牧場線
一邊是一望無際的大海，另一邊則是牛和馬的大便…以及寬闊的牧場。
拍個不停
哇 好寬闊
好舒服！♪
只要沿著南牧場線彎彎曲曲地前進，就是著名的五島家的診療所。
五島家
南牧場線
即使沒看過連續劇，大家也從廣告中見過五島家（診療所），去看看吧？
遵命
得去看看那個建築物。就算沒看過連續劇，也要去踏個點。
喔，是海♪
嘿咻。根據地圖看來，就在這一帶了……
嘩啦——
好美的景色。這片大海應該也出現在連續劇裡吧。
應該吧～
話說回來，就是那個吧？雖然和島上景色融為一體，絲毫看不出來，不過應該就是那個吧？
聽說那是拍連續劇用的布景，所以我們把目標物想像成充滿外景布景的感覺，結果那個卻已經完全融入成為島上的一部分，害我們一時沒察覺到💧
噔——
Dr.五島家
志木那島診療所
志木那島診療所
哦——和電視播的一樣。雖然沒看，但總覺得情緒都高昂起來了——
志木那島診療所

明明還掛著好像是營業中的招牌。
唔——嗯。
嗯——不知道能不能看裡面？窗簾都拉起來了，門也上鎖了⋯
志木那島診療所
罷了，反正沒看過連續劇，就算進去也沒用⋯嗯？
ドクターコトー診療所
應該不是招牌吧？
隨風不斷飄揚
啊，真的耶。
咻咻咻——
從屋子旁邊的樓梯入侵的！
什麼時候跑到那裡去的？妳從哪裡入侵的？貓嗎？妳是貓眼嗎？
コトー診療所
佇—立
咦——？
因為以上緣故，所以無法到裡面見習。回來後調查了一下，有資料顯示，只要付三百日圓診療費，就能進入裡面參觀！還有資料說，十一點三十分到兩點是午休時間，所以診療所關閉⋯而我們去的時間偏偏是從一點三十分到一點五十分之間。⋯只要再等十分鐘就能進去？似乎以前也有過類似的經驗，在我們的旅程裡💧是我們沒看連續劇就跑去的報應嗎？回家以後，我們會去TSUTAYA租來看的，拜託老天爺原諒我們吧。
不過樓梯只通往屋頂。太可惜了。
雞皮疙瘩？

接下來，我們要一口氣奔向東方，也就是小島的最右端，前往東邊的海角——♪
這裡是西崎（i-ri-za-ki）的反方向，是太陽升起的位置，所以寫成東崎，卻要唸做「a-ga-ri-za-ki」是也～
我要升起嘍——
五島家
東崎展望台
東崎展望台
喔喔
喀沙喀沙
超級廣闊的！
噔————!!
好大
看啊，這裡遼闊到連惡魔看起來就跟螞蟻沒兩樣!!
惡魔
而崖下是驚濤駭浪前撲後湧的絕景。不管是這片遼闊，還是這片美景，都讓人好想帶便當來野餐一下。
…雖然很想這麼說，但這個展望台其實…
好棒
好高
風超強的
轟隆——咻咻咻——
啪沙啪沙啪沙
要說究竟有多強呢…
咻咻咻——!!
啪噠啪噠啪噠啪噠
就是這麼強
掀翻
啪噠啪噠啪噠啪噠
視個人情況，也可能導致慘劇發生。爸爸們最好多加小心。

※ 可能是颱風的影響…

呼哈哈哈哈
咻咻
狂風吹
站不穩…
因為風實在太強了，人斜斜地站在崖邊也沒關係。就算不是麥克傑克森，也不會倒下去。可是我們看著惡魔，心中想著：這種舉動真恐怖。沒想到恐怖的事情真的發生了。
前傾
咻咻咻
嗚哈 我受不了了 好好玩
強風掃過
晃動
哎呀呀呀哈哈哈哈
左搖右擺
搖晃
哈
踩下去
啊
她踩到大便了——！
震一驚
咚咚咚咚咚咚
啊——!!
飛一踢
!?
哇！妳，妳做什麼？別過來。
咚
啪
右踩
左踩
等等！快住腳，金子編輯。
啊~
不停磨蹭
她想用草擦掉
她想擦掉
大家要當心喲。

今天不回石垣島，在與那國島住一晚
所以要前往♪今天的旅館。不知道今天要住怎樣的旅館——？
今天我們要換個感覺，不住飯店，而是入住充滿沖繩風的美麗紅瓦旅館。
就是這裡。
噹—
本日投宿地
紅瓦屋頂加上木造平房建築，是如假包換的沖繩房屋！而這棟充滿沖繩風的民宿，既是營業中的旅館，也是「想重建也重建不了」的珍寶，而被登記為國家有形文化財產。詳細情形我也不是很清楚，總之這裡應該是日本的超珍貴遺產吧。可是，還沒變成人間國寶的我們住在這裡，真的好嗎？好令人忐忑。
歡迎光臨。颱風天還專程過來，辛苦你們了。
打擾您了。
您好。
吃飯時，大家要聚集在別棟的餐廳開飯。這間民宿的賣點，除了建築物是文化財產外，還有女主人煮的與那國家庭料理，讓我們心中早就充滿期待，腹中飢腸轆轆了♪
裡頭當然也貼了小孤島大醫生的海報。據說這裡也曾被借來拍戲過。
唔～聚集了好豪華的演員陣容。
不過，這些圖畫得真醜，完全不像
不愧是有形文化財產，應該常被借來拍戲，或是被電視、雜誌採訪吧…
那張是那個人留的吧？
我認識那個人。
牆壁上排滿了名人的簽名。
排了滿滿一排
!!
喔—好壯觀的數量—
裡面也有小孤島的演員哩。
很奇怪的簽名，嗯？那個字體莫非是…難不成是…
直盯著看

鏘一鏘
超人力霸王
07.9.11
咻哇
果然是超人力霸王簽名！
好厲害──還是用超人力霸王族的文字。
代表日本的國民英雄也在這裡住宿過。真不愧是有形文化財產！
咻哇～
那麼，我也該來去拜見一下，從藝人到巨人英雄，深受眾人喜愛的有形文化財產的特殊之處了。即刻動身前往房間～～！
THE好普通！
為各位說明
新宅
舊宅
這邊是有形文化財產。紅瓦平房建築。眾多名人住宿過，充滿風情是也──！
這邊是單人房，不是文化財產。說起來就是普通，非常普通。而且還是用一體成型的組裝浴室…
這間民宿，除了被列為有形文化財產的舊宅的大房間以外，還增建了新宅，規劃出單人房。這次，我們預約的是新宅這邊的普通房間，所以無法特別感受到沖繩文化。
附帶一提，我們住宿的那一天，據說當地的橄欖球社在舊宅大房間舉辦合宿集訓。房間那麼大，只有3個人也不好去住吧。
想像圖
All for one
路上小心。我會預先煮好晚飯的。
我們走嘍。
再說，要是不小心流口水弄髒了文化財產的地板，被要求支付巨額賠償金，反倒頭痛。能讓人輕鬆睡一覺的普通房間才是最棒的♪
太陽差不多要下山了，我們再度前往西崎，來去見識一下日本最晚的落日吧。
噗隆隆隆隆──
再訪西崎
你們又來啦～？你們還真是來不膩呀～這麼喜歡梶木鮪呀～…不對嗎？

因為太陽往西邊落下，所以越往西，日落越晚。
話雖如此，日落開始後，速度就出乎意料的快。西沉的速度就和其他土地一樣。我們趕緊朝山丘跑去！登上山丘——
一登上山丘，景色和白天來的時候完全不同！
不會吧!?
現場擠了一堆人。
原來如此。大家都對晚了好幾拍的日落充滿興趣、翹首盼望、緊張不已、打得火熱、你儂我儂…
妳看，那就是太陽喲。
幸子小姐，妳知道今天我為什麼帶妳來這裡嗎？
唉呀—人家不知道耶。
妳明白太陽最晚落下這件事的意義嗎？那表示這裡是陽光照射最久的地方。
也就是說，我們之所以一起到這裡來…
唉呀，有什麼意義嗎？
是因為我希望可以凝視妳的臉再更久一點。
閃亮—
哎喲
請嫁給我吧！
哎喲！好
噹啷哩啷
那麼想看的話，整晚用LED燈泡去照她不就好了嗎！在這裡放什麼閃光！
全身氣憤顫抖
一切都是這傢伙的幻想
慘了！沉浸在幻想時，太陽已經西沉了。反正親身感受日本最晚的日落，本來就很難，至少看了一次美麗的夕陽吧。

就算回旅館，也要等一段時間才能吃晚餐，於是就在外頭閒晃。
結果發現一家疑似超商的店。
大朝商店
日本最西端の店 大朝商店
喔——！上面寫著日本最西端的商店耶——！
既然日本第一，那就非進去不可了。一進去之後…
與其說是超商，其實氣氛更像柑仔店，別有一番風味。
唔…東西好雜亂。
不過，有很多希望可以貼上價格標籤的商品。
熱炒苦瓜口味
？
時價嗎？
接著發現了一種從沒看過的飲料。
咚咚咚咚咚咚…
飲む極上ライス
ミキ
Miki
ウコン入
!?
噔——
飲む極上ライス
頂級飲用米？
…米？而且還是頂級！
多麼~~詭異~~誘惑人心的宣傳詞
我要買MIKI。
150圓
MIKI入手
回民宿之後，開來喝了。
嘿咻
濃稠～
咕嚕咕嚕一口口喝下肚…
酸酸甜甜的米粥…？
激烈運動過後不會想喝這種東西，但下午休息片刻時，可能適合把它拿來當奶茶喝。

譯註：與那國蠶即是臺灣俗稱的皇蛾。

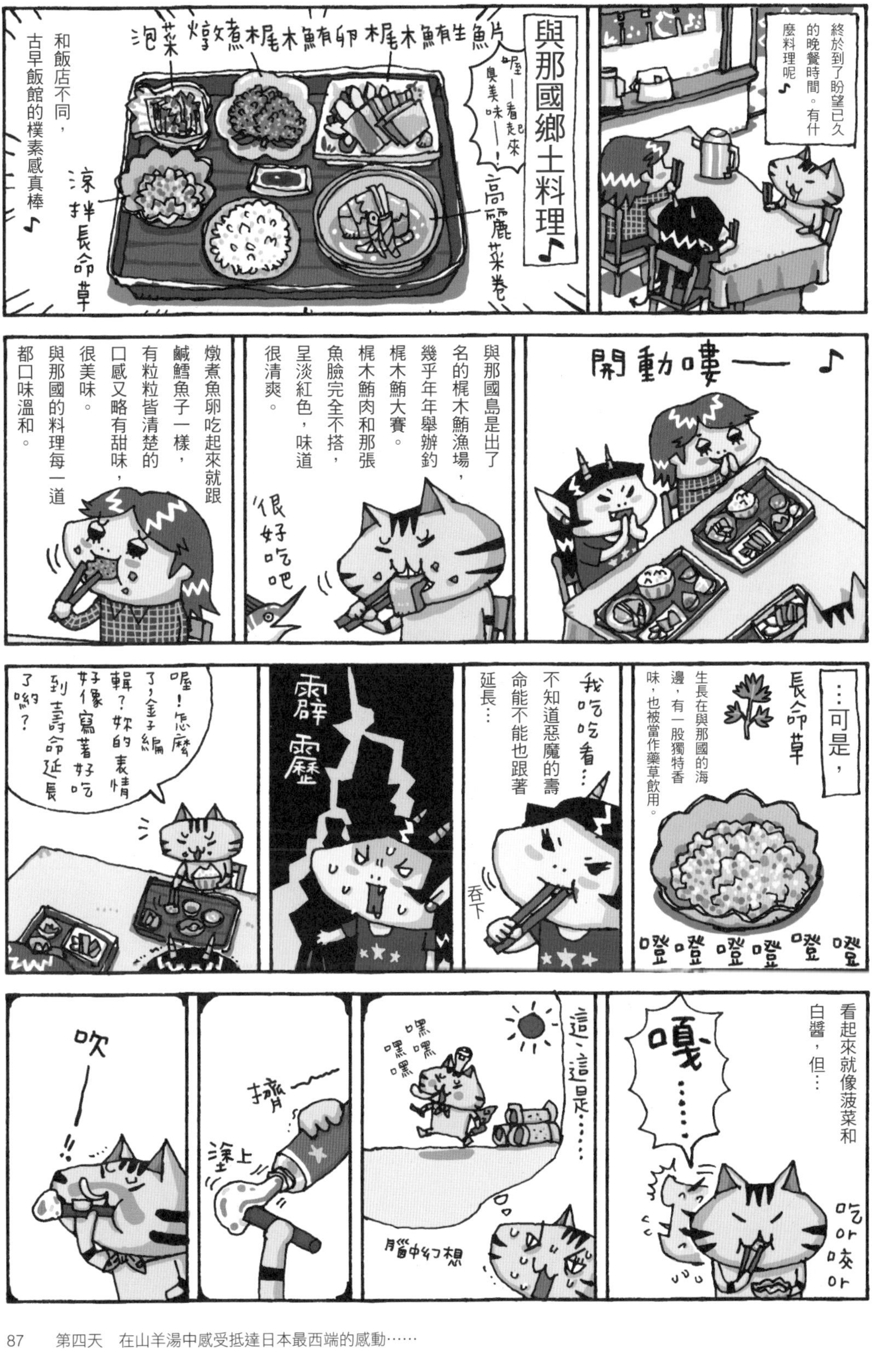
終於到了盼望已久的晚餐時間。有什麼料理呢♪
與那國鄉土料理♪
喔——看起來臭美味——！
梶木鮪生魚片
燉煮梶木鮪卵
泡菜
高麗菜卷
涼拌長命草
和飯店不同，古早飯館的樸素感真棒♪
開動嘍——♪
與那國島是出了名的梶木鮪漁場，幾乎年年舉辦釣梶木鮪大賽。
梶木鮪肉和那張魚臉完全不搭，呈淡紅色，味道很清爽。
很好吃吧
燉煮魚卵吃起來就跟鹹鱈魚子一樣，有粒粒皆清楚的口感又略有甜味，很美味。
與那國的料理每一道都口味溫和。
…可是，
長命草
生長在與那國的海邊，有一股獨特香味，也被當作藥草飲用。
噔噔噔噔噔噔
我吃吃看…
不知道惡魔的壽命能不能也跟著延長…
吞下
霹靂
喔！怎麼了，金子編輯？妳的表情好像寫著好吃到壽命延長了喲？
看起來就像菠菜和白醬，但…
嘎……
吃ㄚ咳ㄚ
這、這是……
嘿嘿嘿
腦中幻想
擠——
塗上
吹—!!

膨脹——
嘿嘿嘿嘿
我彈指彈～
名字好像是太空泡泡。
這菜就是那種味道！
就是像稀釋液一樣臭的東西，柑仔店有在賣的東西！
簡單來說，就是有強力膠的味道
嗯！嗯！
接下來還有更沉痛的悲劇！
今天特別煮的。如果不是新年或慶賀場合，不會做這道料理的～♪
來，請享用吧。
各位客人你們很幸運喲♪
山羊湯
重頭戲登場
噔—
放下
所謂的山羊湯，是一道代表沖繩的著名料理，顧名思義，就是把整隻山羊，包括肉、內臟和血全放進去燉煮而成的。這是如假包換、充滿特殊風味的那道名湯！也是慶賀場合享用的料理！
從沒看過的形狀加上從沒聞過的味道…
心情忐忑不已
可是，山羊是高級食材，平時沒什麼機會吃得到。聽說要是迷上那個味道，是會上癮的。我想我還是乾脆地…
開動了
喝入口
好難吃——！
鬼才迷上——!!
因為這裡面充滿野獸的味道啊～！
噔—
噗哈
噴出。
今天，總是來我們這裡辦合宿集訓的橄欖球社的小朋友呀，說「今天是最後一天了，我們想喝老奶奶煮的山羊湯」，所以我才特地煮的。
山羊是昨天殺的。
我煮了很多，要多喝一些喔。
那些傢伙！
雖然沒見過面，但都是那些渾蛋害的——（怒）
…
如何？很好喝吧？
吶？
一點都不好喝。
這種氣氛根本讓我開不了口。不僅如此，這東西要是出現在飯店裡，肯定百分百被剩下來。可是，現在這種居家旅館氣氛加上女主人的人品，完全醞釀出讓我無法把湯剩下來的氣氛呀。
非、非非非常好喝。

沒辦法了。
既然這樣…
不停喃喃自語
?
自我催眠中
這是豬肉湯
這是豬肉湯
這是豬肉湯
這是豬肉湯，這是
豬肉，豬肉，豬肉，豬肉，豬，豬，豬…
念念有詞
念念有詞
不是山羊肉
不是山羊肉
不是山羊肉
!!
奮起!
舉筷
咔嗞
咔嗞
咔嗞
咔嗞
咔嗞
狼吞虎嚥
風捲殘雲
大口咔嗞
舉筷
請各位稍等片刻。
吞下去!
吃光
嗝—
哈
哈
哈
喘氣
喘氣
邪笑
空碗
大口吞嚥，不停咀嚼，
咔嗞咔嗞…
嗚嗚嗚…那方法我模仿不來…嗯?
一口接著一口
吃個不停
大口
咔嗞咔嗞
一臉平靜地吃下去了
驚—
震—
咩咪~
盯
嗚—嗚—長命草我吃不下去…
啊!
迅速一掃而空
我夾
咩咪~
太厲害了
嗚
明天，那些傢伙終於要來了!

吃慣了就很咩味—!?
山羊湯的煮法
沖繩地區把山羊叫做hii-zyaa。
準備材料
咩—
山羊一隻(Chii-zyaa)
蓬草 hu-chiba-
薑
蓬草叫做艾草。香氣濃郁，用來消除山羊的腥味。
①
用繩子把山羊的腳綁起來，倒吊在樹上，讓牠腦充血…
②
因為慘不忍睹……於是自動打馬賽克了。請各位見諒♪
③
把解體後的山羊，用水仔細洗乾淨。
山羊湯裡不只放肉，連骨頭、內臟都有，除了蹄和角以外，全部吃到肚子裡。
④洗完以後，把山羊放進超大鍋子(shin-mei-na-be)裡，加入水。
※聽說有的家庭會在這時候連山羊血也一起放進去。
shin-mei-na-be
也叫shin-mei-na-bi。是沖繩地區使用的超大鍋子，可以把整隻山羊放進去。
(譯註：shin-mei-na-be是沖繩特有的鍋具，名稱也是來自沖繩方言。)
⑤開大火燉煮！不斷地煮！煮山羊！
咕嘟咕嘟咕嘟
咕嘟咕嘟咕嘟

⑥ 用
鹽巴
還有
味噌
調味
「超愛山羊腥味派」的，就用鹽。
「拜託請稍微壓低山羊腥味，明天我要去約會派」的，
可能適用味噌口味吧。
雖然我個人絲毫不認為，味噌有辦法消除山羊的那股腥臭味…
撲鼻——
⑦
徹底燉煮一番後，最後投入大把蓬草，熄火後就完成了。♪
如果聞到味道迎面撲鼻而來，山羊湯就煮好了！
也有一種作法是不煮蓬草，直接以生草的狀態放進碗公裡，再把山羊湯淋上去喲♪
基本上，山羊湯就是「燉煮整隻山羊」，所以感覺材料就只有山羊。不過依據個人喜好，也會加白蘿蔔或蔥等。
附帶一提，山羊湯擁有不可小覷的超高營養價值，只要喝下去，血壓就會暴漲，所以聽說高血壓者與孕婦不可以食用。
山羊湯果然非池中之物…
上——桌
請依個人喜好添加薑
大快朵頤、狼吞虎嚥
一隻山羊大約可以煮成40碗以上的山羊湯。所以在舉行祭典或慶賀場合時，煮出來大家一起吃。不像咖哩或漢堡，可以輕鬆擺上餐桌…是非常珍貴的盛饌——！

Photo Gallery

湊巧順道過來的這片海岸，其實是觀光景點DANNU海灘。讓人忍不住按下快門的這個美麗風景，好像也是個攝影景點。

兜風時拍的。平時一定很風平浪靜吧…

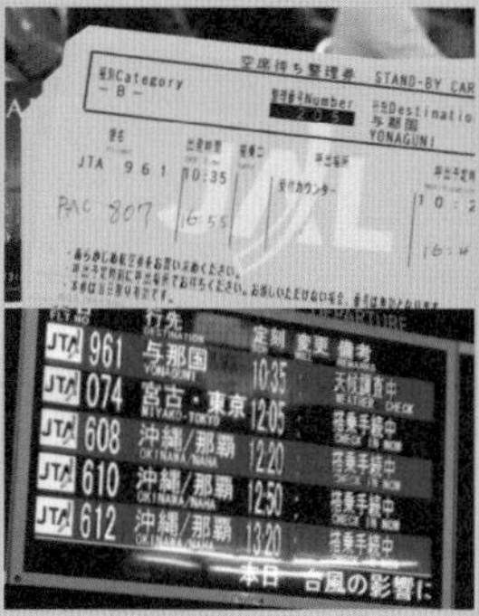

為了去與那國島而來到機場，卻不知道飛機會不會起飛。

位於島的東邊尖端的東崎，是擁有一片廣闊草地的展望臺。廣闊度與風速都很驚人。所經之處，都有馬或牛的排泄物，要小心！金子編輯似乎中獎了哩。

終於抵達日本最邊端的西崎！或許是達成目標了，紀念照上大家都露出了笑臉。據說如果天氣好，還能看見臺灣…但這次是不可能了。

美味與衝擊交織的民宿晚餐。長命草與山羊湯的滋味，一輩子都忘不了…

在最西端的西崎，可以看到日本最晚的夕陽。雖然雲層很厚，但反而充滿奇幻感，非常漂亮。

姑且不論天氣，沿著海邊兜風最棒了！到處都是馬和牛，過著悠哉的生活。

5

第五天
和愛睡覺的人會合，
大家一起
體驗捏石獅

昨天為止的旅程概要
碧海、藍天，啊，原來南國度假勝地沖繩是如此美妙的樂園。被動人的宣傳詞所誘惑而來到沖繩後，迎接澎湃和他的夥伴的，卻是下雨的陰暗天空、波濤洶湧的褐色海岸，以及刮斷了雨傘的颱風（兩個）。原本預設介紹沖繩度假勝地的這本漫畫，已經變成颱風直撲現場的報導了。這是要我怎麼辦才好啊，渾蛋！什麼，為了表達歉意，所以要請我們吃飯？哎呀，這樣真不好意思。我看看有什麼，那就來喝這碗從來沒看過的湯嘍。
嘎——！
第5天開始。
早餐
探頭…
金針菇湯
太太太太好了—！
鬆了一口氣—
安全了！不是山羊湯——♪
太好了
鬆了一口氣—
愛死金針菇湯了♪
坦白講，我真是緊張死了—很擔心會不會聽到「隔夜的山羊湯還是好喝喲♪請享用！」之類的話，就像咖哩那樣…
揮來揮去
唔—嗯。依我敏銳的直覺，今天似乎會發生什麼好事哩∫我感受到了吉兆呢∫
…是的，沒錯。敝姓金子，已經事先預約過了。
呵呵—今天終於要跟平田編輯會合，而且颱風也終於走了，讓人很興奮吧。
金子編輯報告，原訂本日上午進行的與那國海底遺蹟之旅，因為風浪過大而中止。
挫折依然在今天突然從天而降。搭海底觀光潛水船可以看到海中世界，好像很好玩的說…
哇—海底真美。
大概是這種感覺吧？
請用想像圖去享受。
真是好壯觀—
藍色的海水和魚—
人算不如天算。轉換好心情，我們從民宿出發…安排什麼活動好呢…去租輛車來，挑戰環遊與那國島第2圈嗎♪
多謝招待咩——

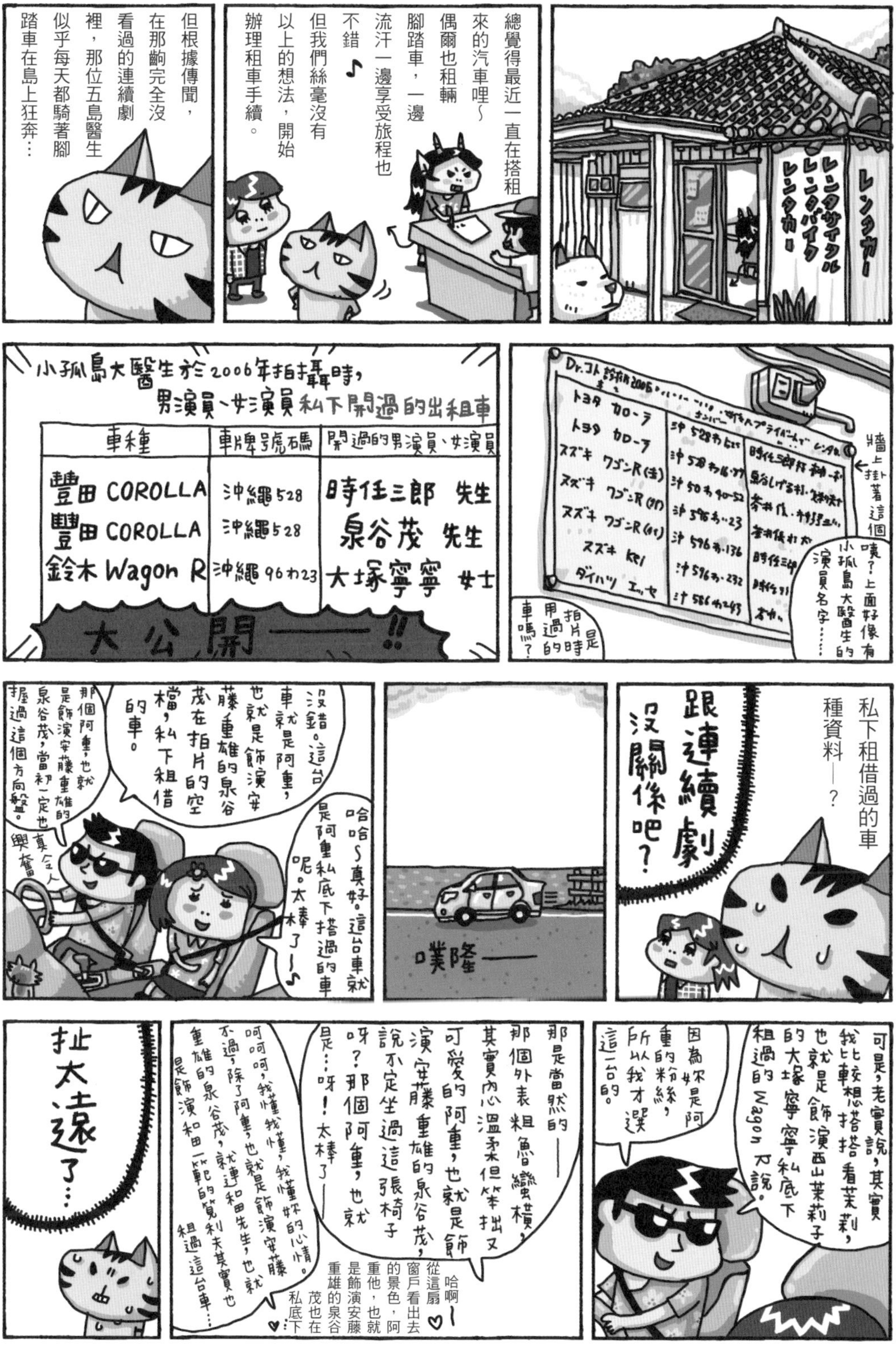

レンタカー
レンタサイクル
レンタバイク
レンタカー
總覺得最近一直在搭租來的汽車哩～偶爾也租輛腳踏車，一邊流汗一邊享受旅程也不錯♪
但我們絲毫沒有以上的想法，開始辦理租車手續。
但根據傳聞，在那齣完全沒看過的連續劇裡，那位五島醫生似乎每天都騎著腳踏車在島上狂奔……
牆上掛著這個
咦？上面好像有小孤島大醫生的演員名字……
是拍片時用過的車嗎？
小孤島大醫生於2006年拍攝時，男演員、女演員私下開過的出租車

車種	車牌號碼	開過的男演員、女演員
豐田 COROLLA	沖繩528	時任三郎 先生
豐田 COROLLA	沖繩528	泉谷茂 先生
鈴木 Wagon R	沖繩96わ23	大塚寧寧 女士

大公開——!!
私下租借過的車種資料——？
跟連續劇沒關係吧？
噗隆——
沒錯。這台車就是阿重，也就是飾演安藤重雄的泉谷茂在拍片的空檔，私下租借的車。
哈哈～真好。這台車就是阿重私底下搭過的呢。太棒了～♪
那個阿重，也就是飾演安藤重雄的泉谷茂，當初一定也握過這個方向盤。
真令人興奮。
可是，老實說，其實我比較想搭搭看茉莉，也就是飾演西山茉莉子的大塚寧寧私底下租過的Wagon R說。
因為妳是阿重的粉絲，所以我才選這一台的。
那是當然的——那個外表粗魯蠻橫，其實內心溫柔但笨拙又可愛的阿重，也就是飾演安藤重雄的泉谷茂，說不定坐過這張椅子呀？那個阿重，也就是……呀！太棒了——
哈啊～♡從這扇窗戶看出去的景色，阿重他，也就是飾演安藤重雄的泉谷茂也在私底下♡
呵呵呵，我懂我懂，我懂妳的心情。不過，除了阿重，也就是飾演安藤重雄的泉谷茂，就連和田先生，也就是飾演和田一範的筧利夫其實也租過這台車……
扯太遠了……

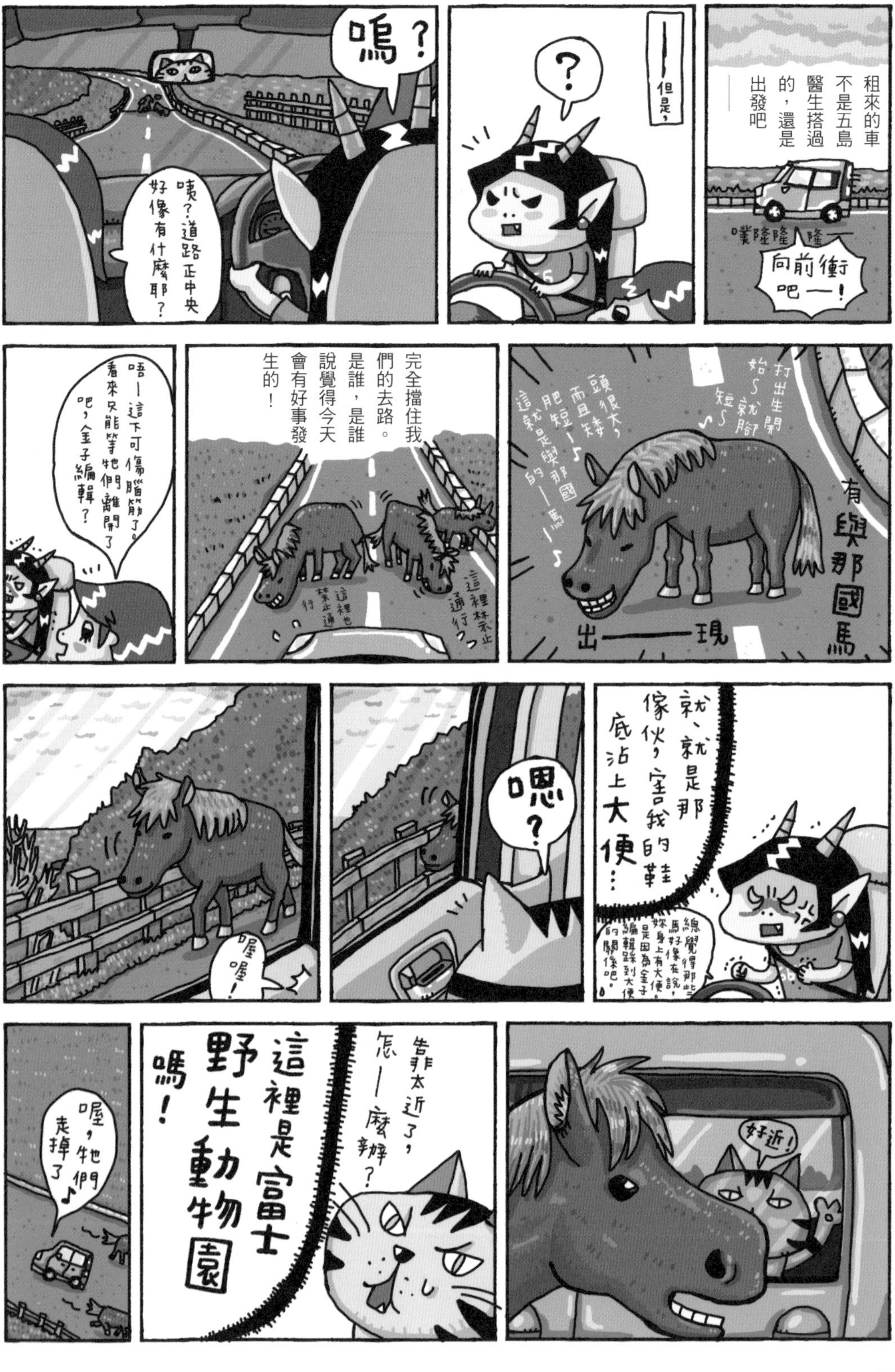
租來的車不是五島醫生搭過的，還是出發吧——
噗隆隆 隆——
向前衝吧—!
—但是，
?
嗚?
咦?道路正中央好像有什麼耶?
有與那國馬
出——現
打出生開始~就腳~短~♪
頭很大，而且矮肥短!♪
這就是與那國的—馬—!♪
完全擋住我們的去路。是誰，是誰說覺得今天會有好事發生的!
這裡禁止通行
這裡也禁止通行
唔—這下可傷腦筋了。看來只能等牠們離開了吧，金子編輯?
就、就是那傢伙，害我的鞋底沾上大便…
總覺得那些馬好像在說，妳身上有大便，是因為金子編輯踩到大便的關係吧。
嗯?
喔喔!
好近!
這裡是富士野生動物園嗎!
靠太近了，怎—麼辦?
喔，牠們走掉了♪

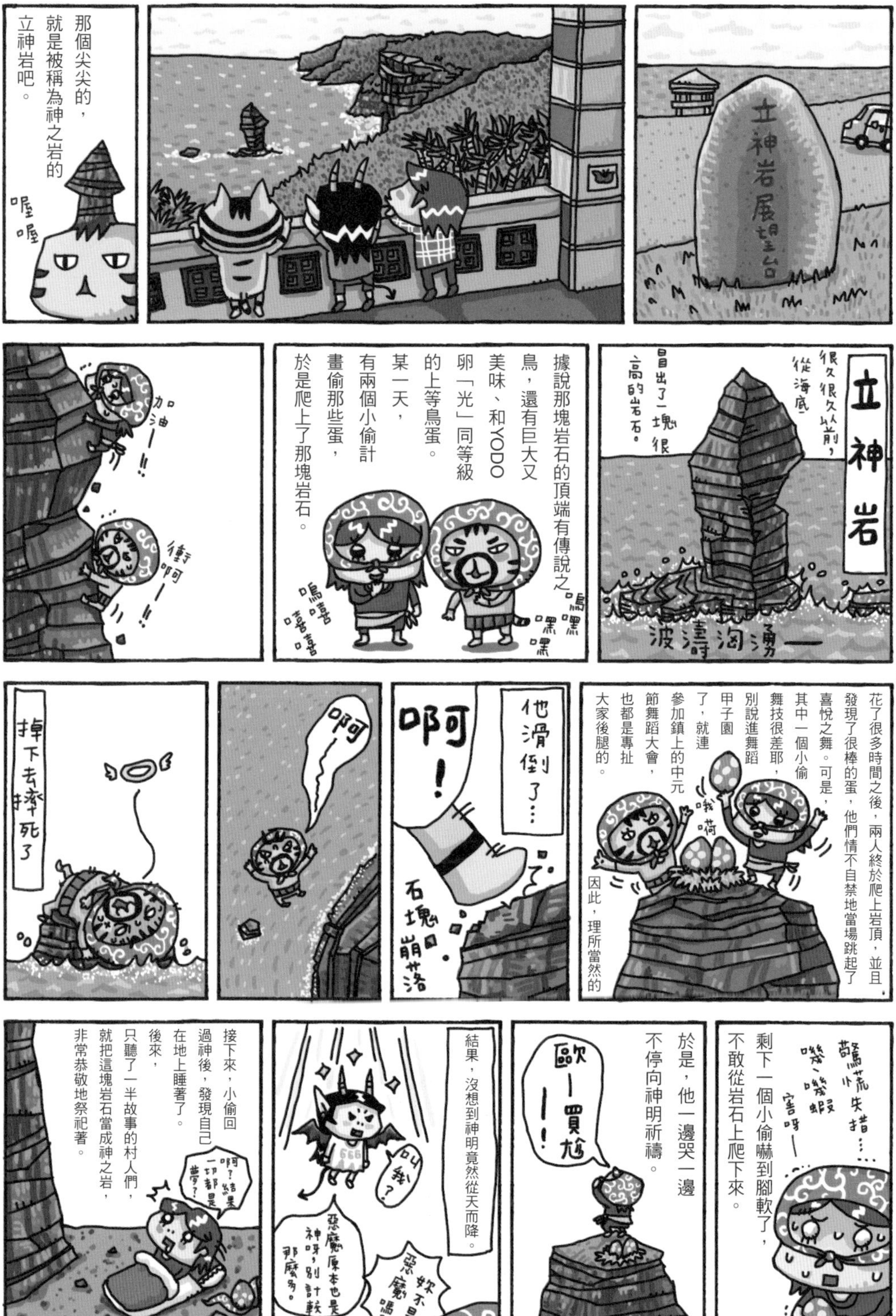

立神岩展望台
那個尖尖的，就是被稱為神之岩的立神岩吧。
喔喔
立神岩
很久很久以前，從海底冒出了一塊很高的岩石。
波濤洶湧——
據說那塊岩石的頂端有傳說之鳥，還有巨大又美味、和YODO卵「光」同等級的上等鳥蛋。
某一天，有兩個小偷計畫偷那些蛋，於是爬上了那塊岩石。
嗚嘿嘿嘿
嗚嘻嘻嘻
加油——!!
衝啊——!!
花了很多時間之後，兩人終於爬上岩頂，並且發現了很棒的蛋，他們情不自禁地當場跳起了喜悅之舞。可是，其中一個小偷舞技很差耶，別說進舞蹈甲子園了，就連參加鎮上的中元節舞蹈大會，也都是專扯大家後腿的。
哦唷
因此，理所當然的
他滑倒了……
啊!
石塊崩落
啊
掉下去摔死了
剩下一個小偷嚇到腳軟了，不敢從岩石上爬下來。
驚慌失措……
嚇、嚇蝦 害呀—
於是，他一邊哭一邊不停向神明祈禱。
歐—買尬——!
結果，沒想到神明竟然從天而降。
叫我?
你不是惡魔嗎?
惡魔原本也是神呀，別計較那麼多。
接下來，小偷回過神後，發現自己在地上睡著了。
啊?結果一切都是夢?
後來，只聽了一半故事的村人們，就把這塊岩石當成神之岩，非常恭敬地祭祀著。

編註：對一般人來說，「YODO卵光」營養價值高又非常貴，一聽到這個名字就等於是非常高級的蛋的代名詞。

譯註：（ちんすこう）金楚糕是一種沖繩著名點心，在麵粉裡加入豬油與砂糖後，烤製而成。

From：地址：

姓名：

廣　告　回　信
台北郵局登記證
台北廣字第01764號

平　信

To：大田出版有限公司　（編輯部）收

地址：台北市10445中山區中山北路二段26巷2號2樓

電話：（02）25621383　傳真：（02）25818761

E-mail：titan3@ms22.hinet.net

大田精美小禮物等著你！

只要在回函卡背面留下正確的姓名、E-mail和聯絡地址，
並寄回大田出版社，
你有機會得到大田精美的小禮物！
得獎名單每雙月10日，
將公布於大田出版「編輯病」部落格，
請密切注意！

大田編輯病部落格：http：//titan3.pixnet.net/blog/

智　慧　與　美　麗　的　許　諾　之　地

讀 者 回 函

你可能是各種年齡、各種職業、各種學校、各種收入的代表，
這些社會身分雖然不重要，但是，我們希望在下一本書中也能找到你。

名字／ ______________ 性別／□女 □男　出生／______年______月______日

教育程度／

職業：□ 學生□ 教師□ 內勤職員□ 家庭主婦 □ SOHO 族□ 企業主管
□ 服務業□ 製造業□ 醫藥護理□ 軍警□ 資訊業□ 銷售業務
□ 其他 ______________________________

E-mail/______________________________ 電話／______________

聯絡地址：

你如何發現這本書的？　書名：

□書店閒逛時________書店 □不小心在網路書站看到（哪一家網路書店？）________
□朋友的男朋友(女朋友)灑狗血推薦 □大田電子報或編輯病部落格 □大田 FB 粉絲專頁
□部落格版主推薦 ______________________________
□其他各種可能 ，是編輯沒想到的 ______________________________

你或許常常愛上新的咖啡廣告、新的偶像明星、新的衣服、新的香水……
但是，你怎麼愛上一本新書的？

□我覺得還滿便宜的啦！ □我被內容感動 □我對本書作者的作品有蒐集癖
□我最喜歡有贈品的書 □老實講「貴出版社」的整體包裝還滿合我意的 □以上皆非
□可能還有其他說法，請告訴我們你的說法

____

你一定有不同凡響的閱讀嗜好，請告訴我們：

□哲學 □心理學 □宗教 □自然生態 □流行趨勢 □醫療保健 □ 財經企管□ 史地□ 傳記
□ 文學□ 散文□ 原住民 □ 小說□ 親子叢書□ 休閒旅遊□ 其他 ______________

你對於紙本書以及電子書一起出版時，你會先選擇購買
□ 紙本書□ 電子書□ 其他______________________________

如果本書出版電子版，你會購買嗎？
□ 會□ 不會□ 其他______________________________

你認為電子書有哪些品項讓你想要購買？
□ 純文學小說□ 輕小說□ 圖文書□ 旅遊資訊□ 心理勵志□ 語言學習□ 美容保養
□ 服裝搭配□ 攝影□ 寵物□ 其他 ______________________________

請說出對本書的其他意見：

大田出版有限公司編輯部 感謝您！

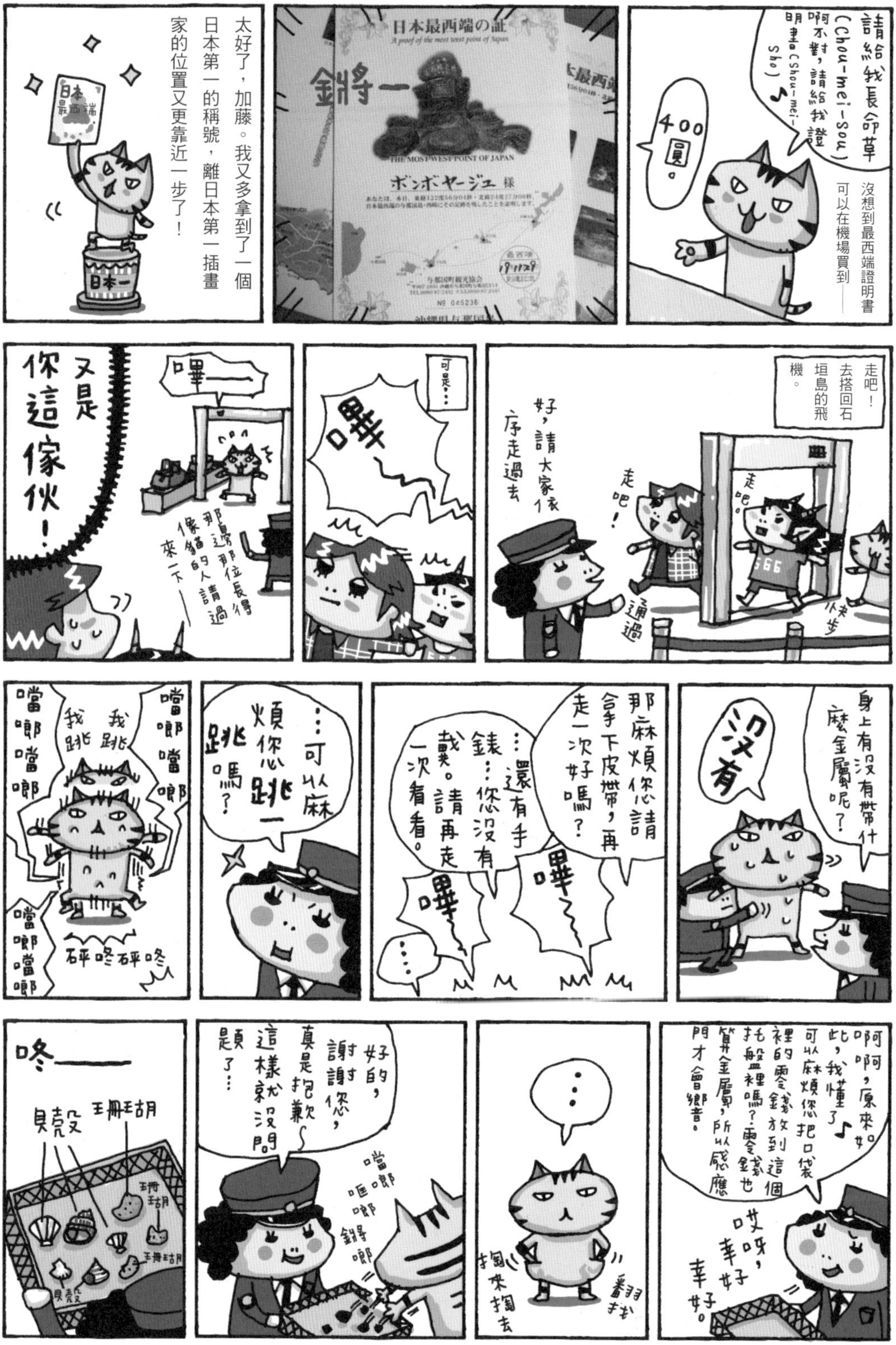
請給我長命草(Chou-mei-sou)
啊不對，請給我證明書(Shou-mei-sho)♪
400圓。
沒想到最西端證明書可以在機場買到——
日本最西端の証
A proof of the most west point of Japan
THE MOST WEST POINT OF JAPAN
ボンボヤージュ 様
№ 045236
日本最
太好了，加藤。我又多拿到了一個日本第一的稱號，離日本第一插畫家的位置又更靠近一步了！
日本一
走吧！去搭回石垣島的飛機。
好，請大家依序走過去
走吧！
走吧。
通過
快步
可是…
嗶～
嗶——
那邊那位長得像貓的人請過來一下——
又是你這傢伙！
身上有沒有帶什麼金屬呢？
沒有
那麻煩您請拿下皮帶，再走一次好嗎？
嗶～
…還有手錶…您沒有載。請再走一次看看。
嗶～
…
…可以麻煩您跳一跳嗎？
我跳 我跳
噹啷噹啷
噹啷噹啷
噹啷噹啷
砰咚砰咚
啊啊，原來如此，我懂了♪可以麻煩您把口袋裡的零錢放到這個托盤裡嗎？零錢也算金屬，所以感應門才會響。
哎呀，幸好幸好。
…
翻找
掏來掏去
好的，謝謝您，真是抱歉，這樣就沒問題了…
噹啷哐啷鏘啷
咚——
貝殼
珊瑚

……為了謹慎起見，可以麻煩您再走一次嗎？
嗶～
果然——唔，真傷腦筋。到底是怎麼回事？像您這樣的機器，不對，是人類，我還是第一次遇到……
叮咚叮咚！各位旅客您好，往石垣島的班機即將起飛，現在還有乘客尚未登機，請…
對不起——！
還沒好嗎？
緊—張
結果，東找西找，手忙腳亂找了一通，幾乎全身衣物都被扒光光。後來也搞不清情況，對方就放我過關了。在其他乘客冰冷的視線注視下，我們出發了。
呀—死相啦。
飛快點飛快點～
咻——!!
接著再度抵達幾乎已經變成根據地的石垣島，在機場等待平田編輯。
石垣空港
出口
太好了，似乎趕上了。她預訂搭這班飛機，所以人也該出現了。
成群一擁而出
出口
喔，出來了。人在哪裡呢～…
出口
…
出口
本航班終了
喔呀？
咚咚咚咚咚
咦？
咦？
不、不會吧？她又睡過頭，沒趕上飛機嗎——？？？
可能睡著嘍～
可能老毛病又犯嘍～
唔——可是，這次是沖繩耶？不但是盛大的旅行，連機票都已經買好了，一般人會睡過頭嗎？……
啊，北海道那次，那傢伙也睡過頭沒搭上飛機。
而且，富士山那次，她也睡過頭!!
那次你也一樣吧——
打電話問問她的家人吧？
…啊，喂喂，請問是平田編輯家嗎？抱歉，這麼早打擾您。我是她的主管SUZU…
沒錯…嗯嗯…啊啊…這樣啊……
…我明白了——不好意思，打擾您了。
怎麼了？
怎麼了？

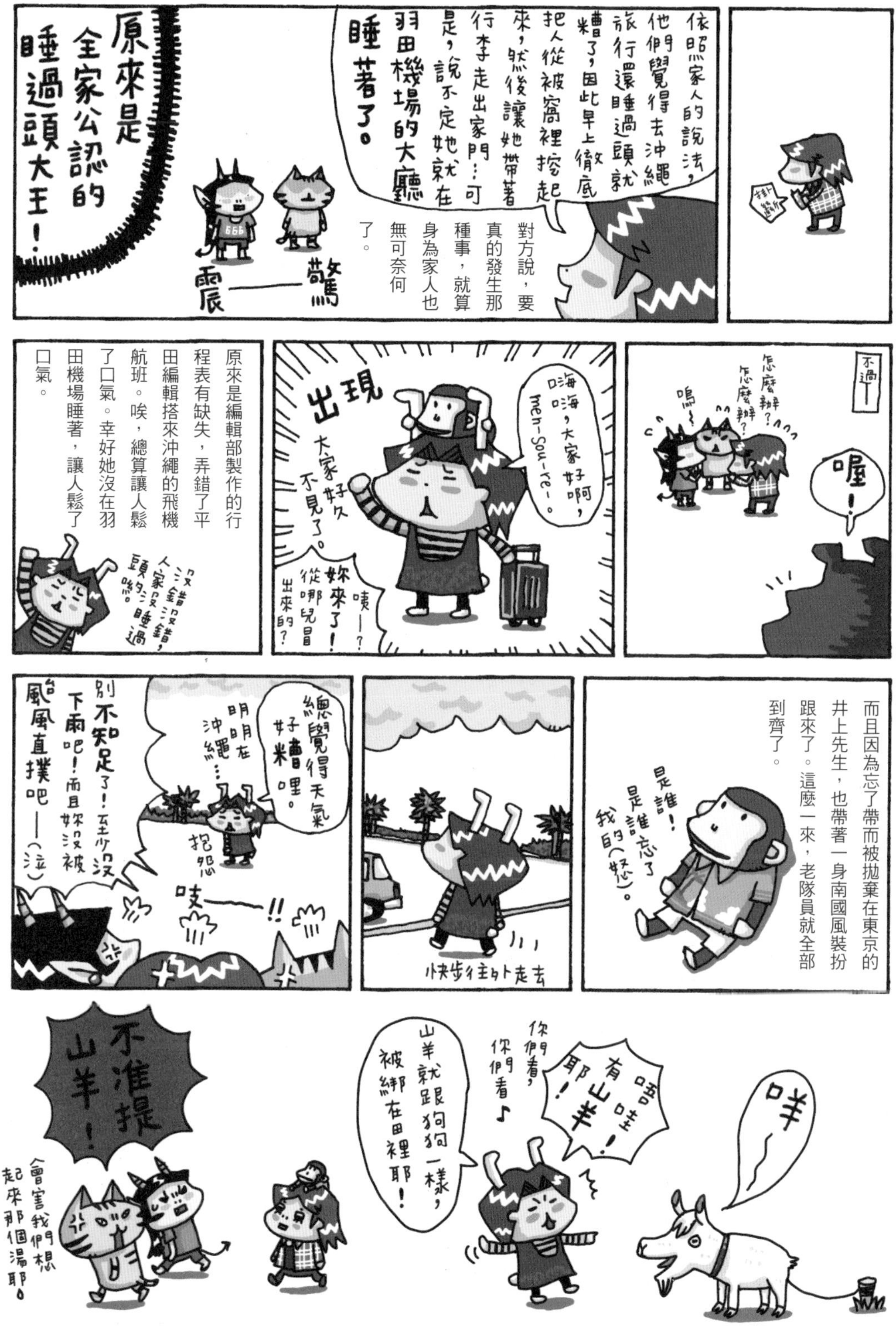

掛斷
依照家人的說法，他們覺得去沖繩旅行還睡過頭就糟了，因此早上徹底把人從被窩裡挖起來，然後讓她帶著行李走出家門…可是，說不定她就在羽田機場的大廳睡著了。
對方說，要真的發生那種事，就算身為家人也無可奈何了。
驚——震
原來是全家公認的睡過頭大王！
不過
喔！
怎麼辦？怎麼辦？
嗚～
出現
嗨嗨，大家好啊，meh-Sou-re-。
大家好久不見了。
咦—？！
妳來了！
從哪兒冒出來的？
原來是編輯部製作的行程表有缺失，弄錯了平田編輯搭來沖繩的飛機航班。唉，總算讓人鬆了口氣。幸好她沒在羽田機場睡著，讓人鬆了口氣。
沒錯沒錯，人家沒睡過頭的嘞。
而且因為忘了帶而被拋棄在東京的井上先生，也帶著一身南國風裝扮跟來了。這麼一來，老隊員就全部到齊了。
是誰！是誰忘了我的（怒）。
快步往外走去
總覺得天氣好糟哩。
明明在沖繩…
抱怨
別不知足了！至少沒下雨吧！而且妳沒被颱風直撲吧——（泣）
吱——!!
咩～
唔哇！有山羊耶！
你們看，你們看♪
山羊就跟狗狗一樣，被綁在田裡耶！
不准提山羊！
會害我們想起來那個湯耶。

譯註：日文的「中身」意指內容物。

譯註：煮大腸是日本料理中所有燉煮內臟料理的總稱。

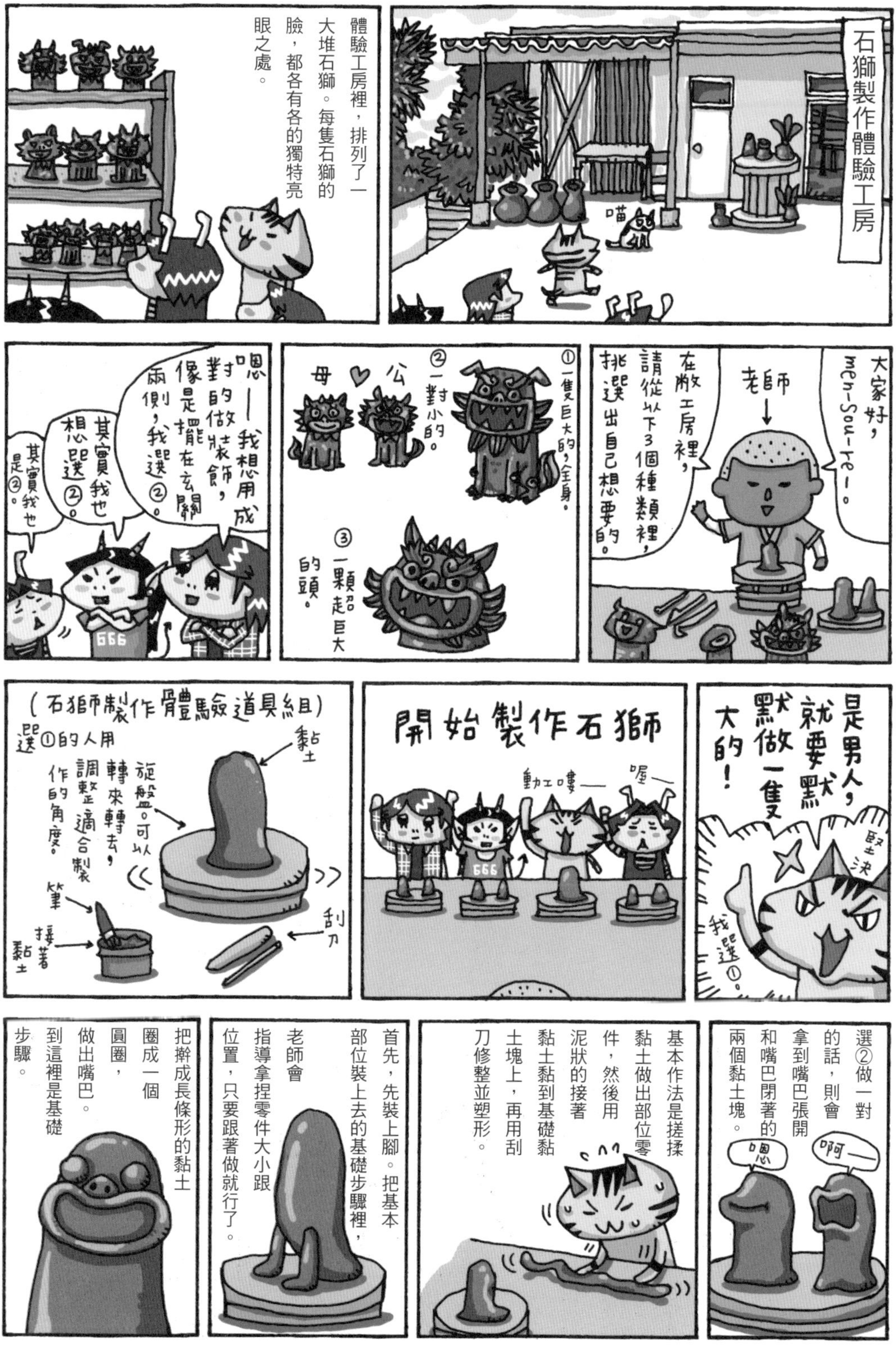

石獅製作體驗工房
喵
體驗工房裡，排列了一大堆石獅。每隻石獅的臉，都各有各的獨特亮眼之處。
大家好，men-sou-re-。
老師
在敝工房裡，請從以下3個種類裡，挑選出自己想要的。
①一隻巨大的，全身。
②一對小的。
母
公
③一顆超巨大的頭。
嗯—我想用成對的做裝飾，像是擺在玄關兩側，我選②。
其實我也想選②。
其實我也是②。
是男人，就要默默做一隻大的！
堅決
我選①。
開始製作石獅
動工嘍——
喔——
（石獅製作體驗道具組）
選①的人用
黏土
旋盤。可以轉來轉去，調整適合製作的角度。
筆
接著黏土
刮刀
選②做一對的話，則會拿到嘴巴張開和嘴巴閉著的兩個黏土塊。
啊——
嗯
基本作法是搓揉黏土做出部位零件，然後用泥狀的接著黏土黏到基礎黏土塊上，再用刮刀修整並塑形。
首先，先裝上腳。把基本部位裝上去的基礎步驟裡，老師會指導拿捏零件大小跟位置，只要跟著做就行了。
把擀成長條形的黏土圈成一個圓圈，做出嘴巴。到這裡是基礎步驟。

把基礎部位零件裝上去後，接下去就可以自由捏出自己想要的造型。當地並沒有限制石獅非得長成什麼模樣不可，事實上，蹲在民宅屋頂的石獅也是造型琳瑯滿目，各具特色。但因為石獅外表源自於獅子（Lion），所以有獠牙、鬃毛和尾巴，會比較像石獅。
把眼睛再做大一點⋯
眼睛好重喔
讓尾巴像惡魔一樣尖尖的⋯
做成愛睏兔模樣也不錯。
喔喔—大家這麼快就展現自己的個性了。我們不會輸給妳們的。
好，我也來加個貓耳吧。
喵？
⋯
唔—該怎麼說好呢？看起來不怎麼可愛，這張臉甚至讓人看了還會發火。
盡情發揮
猶豫
我們沒有限制時間，建議各位可以堅持做到自己滿意為止。
這樣啊～做到滿意為止嗎？好，那我就盡情把所有部位都加工一遍。
喃喃自語念念有詞
首先是⋯
啊～感覺不錯，角也不錯哩。♪
⋯再更⋯再多一點⋯還要再多⋯
兩個小時後
★每個人都大致做好了，只剩細部加工。
SUZU石獅
因為眼睛很重而一度倒下，修正過後已經可以自己站立。
金子石獅
尾巴是惡魔風，光滑的身體也是模仿惡魔嗎？
平田石獅
兔子石獅太強了——一臉愛睏樣，不過不要緊，枕頭就頂在頭上。
可是⋯
哈呼
好，眼睛還是再做大一點吧⋯
哈—呼
出現一名做膩了的人
我累了
加油，金子編輯，再一下就能完成了！妳看，小澎他就很努力。
唔～
我看看

回眸一笑
露
面
哇
轉動!
咚咚 咚咚 咚咚
咔哩咔哩
喀嚓
喀嚓咔哩
喀哩
怎麼上面長滿了刺…
?
哈?
噫!
不、不要看這裡。我會被詛咒,會被詛咒——
咿嘎
這傢伙到底在幹什麼——?
埋頭做個不停
驚嚇
咚咚咚咚咚咚咚
終於完成了!
平田作品
SUZU作品
金子作品
根據老師所說,偶爾會出現學生為了想做出獨特作品,而錯失停手時間,最後就失控。所以凡事都不能做得太過火喲。
我還能拚。再努力一點……
嗚呵呵嗚呵呵
做過頭了。
這是在表達良心開始被吸進胸口裡了。
救—命—呀—
邪神降臨
嘎—!!
而這邊也……
不安

椰子蟹
金八
哎呀~捏石獅真是太好玩了，雖然害得我無法自拔，差點被拖進黑暗面裡，幸好後來清醒過來了♪
你的臉還沒清醒啊！
肚子好餓喲。我看看，今天選的餐廳有椰子蟹料理，可是並非每天都有。就跟沖繩的藍天一樣。
閉嘴啦!! 不然去問一下好了？
請問，今天有椰子蟹嗎？
有哩。
請問椰子蟹好吃嗎？
很好吃喲！要看看嗎？
剛好我們今天進了好貨，就讓你們看看吧。
喔喔~
拖…拖…
你們看。
甩上桌！
!?
滾出來~
!?
蟲~!?
不覺得噁嗎？
原以為是這種感覺的表演，結果完全相反
本日主菜是
松阪牛霜降肉是也。稍後會由主廚親自燒烤後再端出。
哇—感覺好好吃—
好棒
酥炸烏尾鮗仔
被指定為沖繩代表魚，其地位就好比說到山口縣就想到河豚一樣。一般的烹煮方式就是油炸，屬於白肉魚，很好吃。
椰子蟹上桌前，先吃這個吧。
咔嗞 啪嗞 啵嗞 啪嗞…
可以整尾吃下肚。
啵——哩
啪——哩
啵——哩
真讚

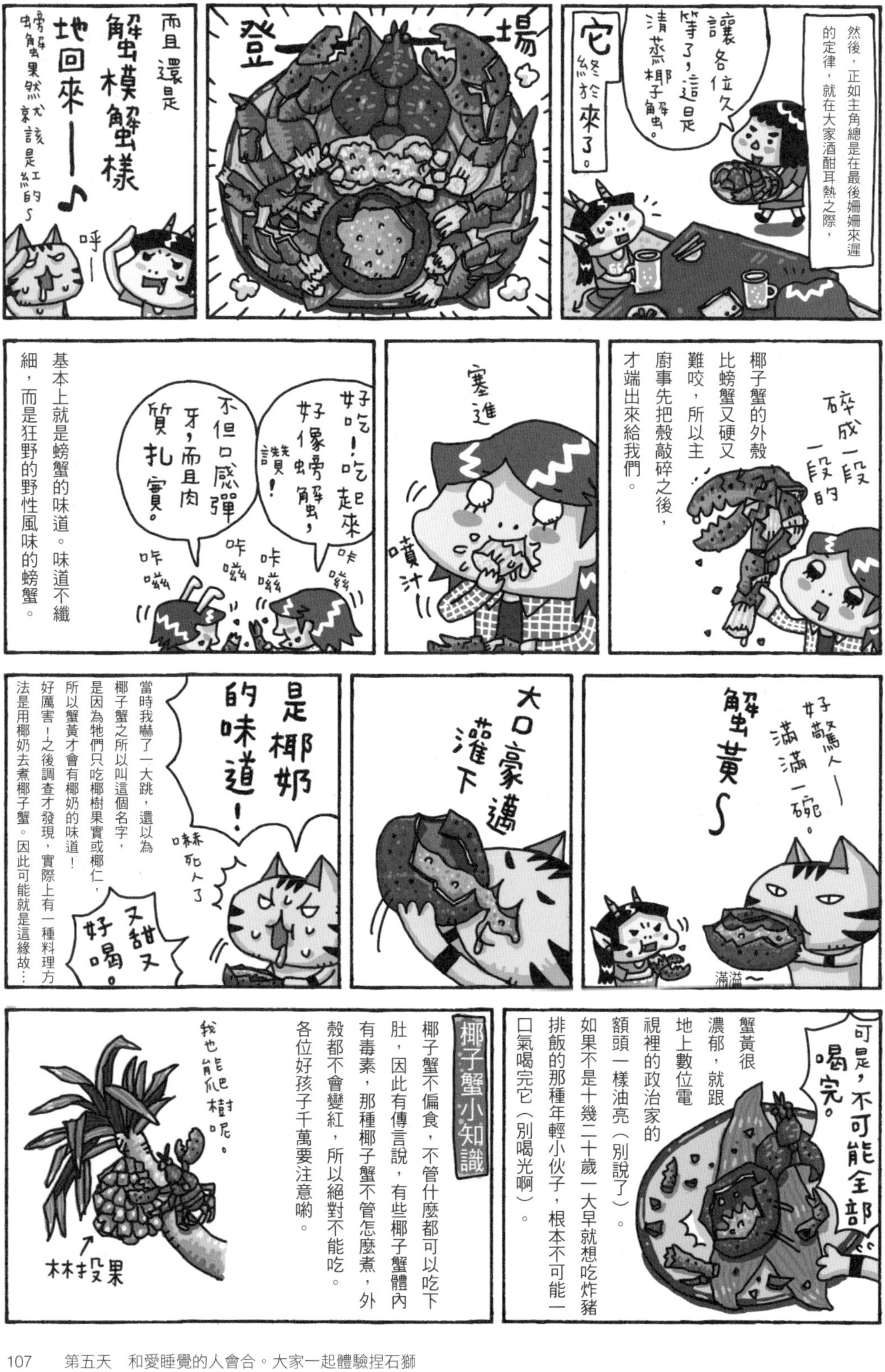
然後，正如主角總是在最後姍姍來遲的定律，就在大家酒酣耳熱之際，
讓各位久等了，這是清蒸椰子蟹。
它終於來了。
登——場
而且還是蟹模蟹樣地回來——♪
螃蟹果然就該是紅的～
呼——
椰子蟹的外殼比螃蟹又硬又難咬，所以主廚事先把殼敲碎之後，才端出來給我們。
碎成一段一段的
塞進
噴汁
好吃！吃起來好像螃蟹，讚！
不但口感彈牙，而且肉質扎實。
咔嗞
咔嗞
咔嗞
咔嗞
基本上就是螃蟹的味道。味道不纖細，而是狂野的野性風味的螃蟹。
好驚人——滿滿一碗。
蟹黃～
滿溢～
大口豪邁灌下
是椰奶的味道！
嚇死人了
又甜又好喝。
當時我嚇了一大跳，還以為椰子蟹之所以叫這個名字，是因為牠們只吃椰樹果實或椰仁，所以蟹黃才會有椰奶的味道！好厲害！之後調查才發現，實際上有一種料理方法是用椰奶去煮椰子蟹。因此可能就是這緣故⋯
可是，不可能全部喝完。
蟹黃很濃郁，就跟地上數位電視裡的政治家的額頭一樣油亮（別說了）。如果不是十幾二十歲一大早就想吃炸豬排飯的那種年輕小伙子，根本不可能一口氣喝完它（別喝光啊）。
椰子蟹小知識
椰子蟹不偏食，不管什麼都可以吃下肚，因此有傳言說，有些椰子蟹體內有毒素，那種椰子蟹不管怎麼煮，外殼都不會變紅，所以絕對不能吃。各位好孩子千萬要注意喲。
我也能爬樹呢。
林投果

當初在石垣島做的石獅，現在呢！？
SUZU石獅的現況
那兩隻相親相愛地並排在老家玄關的櫃子上。我把它們和我從國外旅行買回來的動物雕像放在一起。
金子石獅的現況
原本擺在臥室裡，但公石獅的尾巴折斷了。我想把它修好，於是拿到廚房去，結果就這樣丟在廚房裡不聞不問。它們現在在我家裡分居中。
平田石獅的現況
不准打開，我們很自閉！
妳沒拿出來擺嗎！？
前後搬了兩次家以後，現在它們在紙箱裡休養中～

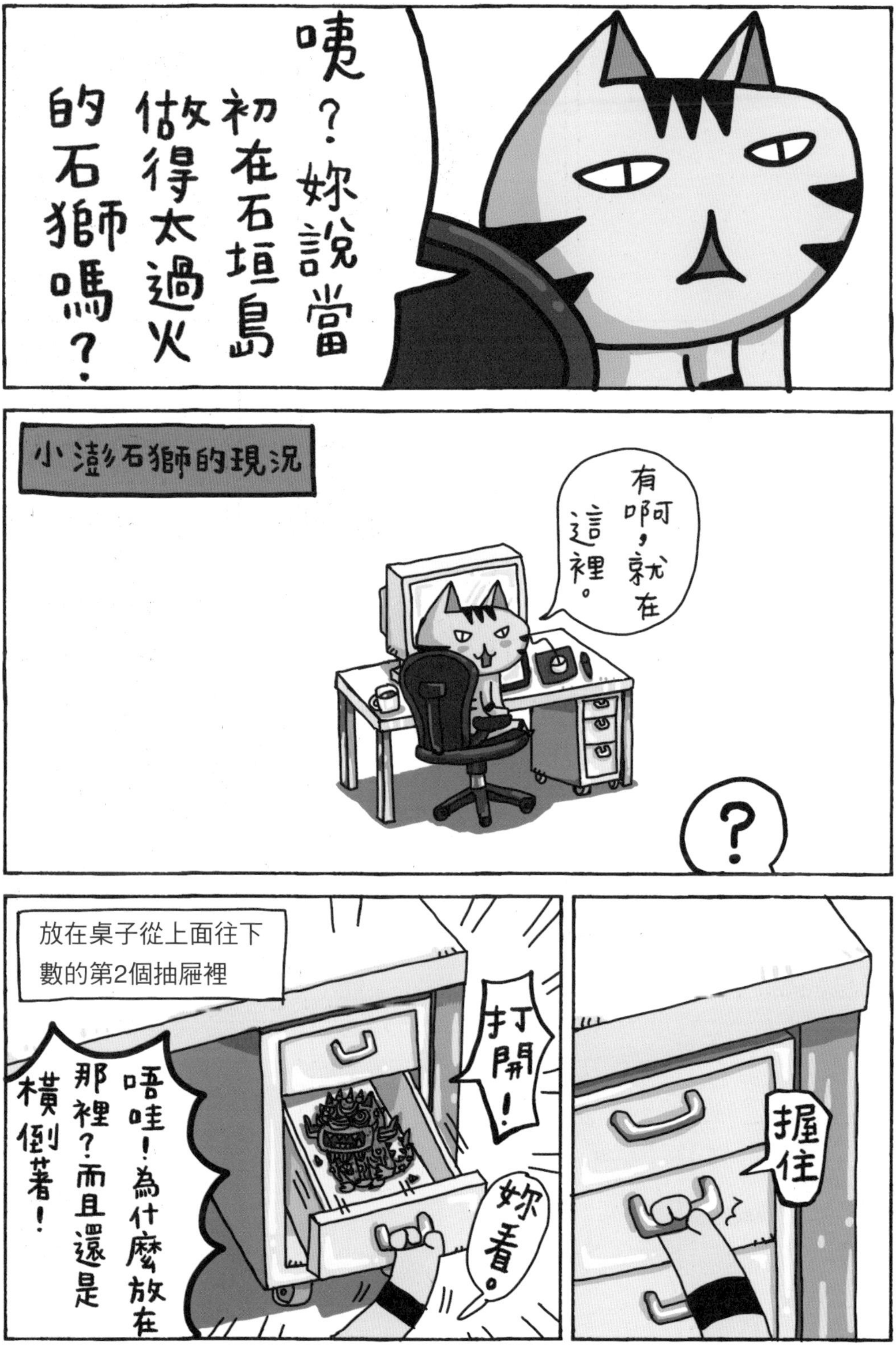
咦？妳說當初在石垣島做得太過火的石獅嗎？
小澎石獅的現況
有啊，就在這裡。
？
放在桌子從上面往下數的第2個抽屜裡
打開！
妳看。
唔哇！為什麼放在那裡？而且還是橫倒著！
握住

噹啦啦～ 啦—啦—啦—～♪
從沖繩回來後4年，畫完與那島國部分的漫畫後，看了
小孤島大醫生
一篇
明爺爺—!!
鑽—出
抖抖抖抖抖不停
醫生！明爺爺他！
Dr.コトー
診療所
1
咚—
偶看了！好感動！
為什麼活了這麼久，一直都沒看呢？
我深深感到後悔。
呃、呃喔～
你看了嗎？小孤島大醫生。
嗯？
偶粉抱歉
超感動中
明～爺爺～
啊啊啊啊～(泣)
噴淚
畫風變得好寫實—!?
驚—
五島—!!
彩佳小姐，麻煩妳準備點滴。
畫好了！
迅速塗畫一篇
?

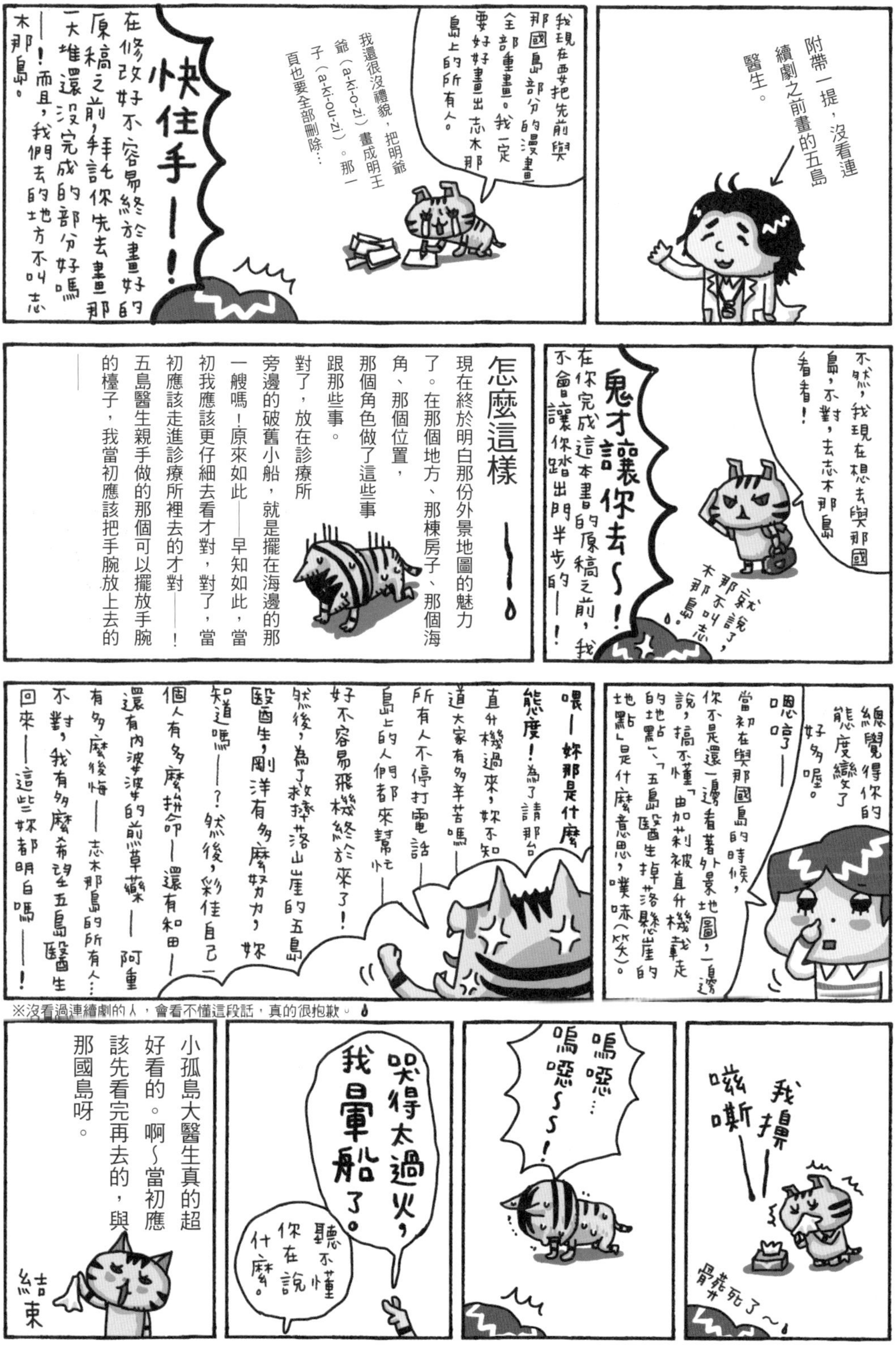
附帶一提，沒看連續劇之前畫的五島醫生。
我現在要把先前與那國島部分的漫畫全部重畫。我一定要好好畫出志木那島上的所有人。
我還很沒禮貌，把明爺（a-ki-o-zi）畫成明王子（a-ki-ou-zi）。那一頁也要全部刪除…
快住手——！！
在修改好不容易終於畫好的原稿之前，拜託你先去畫那一大堆還沒完成的部分好嗎——！而且，我們去的地方不叫志木那島。
不然，我現在想去與那國島，不對，去志木那島看看！
鬼才讓你去～！
在你完成這本書的原稿之前，我不會讓你踏出門半步的——！
就說了，那不叫志木那島。
怎麼這樣——。
現在終於明白那份外景地圖的魅力了。在那個地方、那棟房子、那個海角、那個位置，那個角色做了這些事跟那些事。
對了，放在診療所旁邊的破舊小船，就是擺在海邊的那一艘嗎！原來如此——早知如此，當初我應該更仔細去看才對，對了，當初應該走進診療所裡去的才對——！五島醫生親手做的那個可以擺放手腕的檯子，我當初應該把手腕放上去的——
總覺得你的態度變了好多喔。
嗯哼——
當初在與那國島的時候，你不是還一邊看著外景地圖，一邊說，搞不懂「由加莉被直升機載走的地點」、「五島醫生掉落懸崖的地點」是什麼意思，噗哧（笑）。
喂——妳那是什麼態度！為了請那台直升機過來，妳不知道大家有多辛苦嗎——所有人不停打電話——島上的人們都來幫忙——好不容易飛機終於來了！然後，為了救摔落山崖的五島醫生，剛洋有多麼努力，妳知道嗎——？然後，彩佳自己一個人有多麼拼命——還有和田——還有內婆婆的煎草藥——阿重有多麼後悔——志木那島的所有人…不對，我有多麼希望五島醫生回來——這些妳都明白嗎——！
※沒看過連續劇的人，會看不懂這段話，真的很抱歉。
我擤
嗞嘶——
髒死了～。
嗚嗯…嗚嗯～～！
哭得太過火，我暈船了。
聽不懂你在說什麼。
小孤島大醫生真的超好看的。啊～當初應該先看完再去的，與那國島呀。
結束

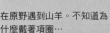

從與那國島前往石垣島。在石垣機場和平田＆猴子井上先生小隊會合。

與那國島的旅館裡，拿來當擺飾的標本。最大的那個是「與那國蠶」，聽說也被政府指定為天然紀念物。

全員集合後，吃午餐。剛到沖繩的平田＆猴子井上先生小隊點了最有名的排骨蕎麥麵。

在原野遇到山羊。不知道為什麼戴著項圈…

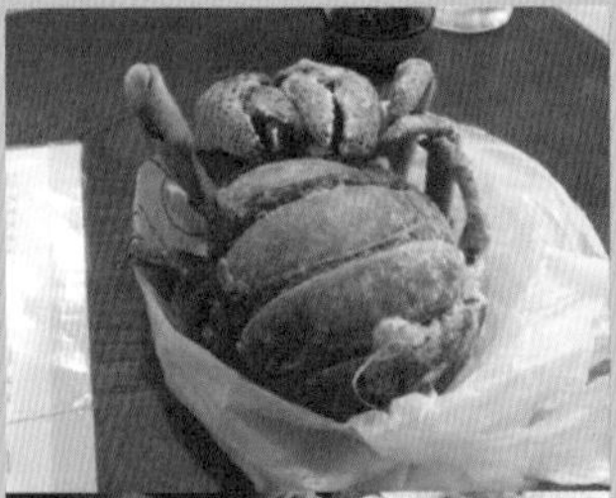

沖繩珍味「椰子蟹」體型非常巨大，看到牠烹煮前（上圖）的模樣，超震驚的，不過味道非常棒♪

小澎在這趟旅行裡，唯一感興趣的，就是體驗捏石獅。明明大家都用完全相同的材料與工具，他卻做出了非常有個性的作品。

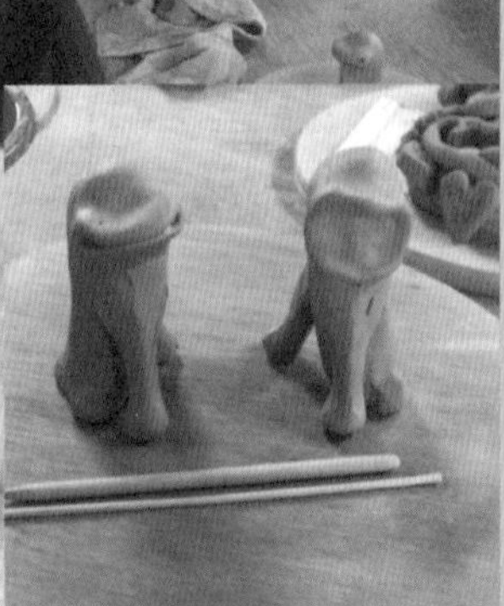

第六天
在清爽的藍天下，
前往日本
最南端！

6

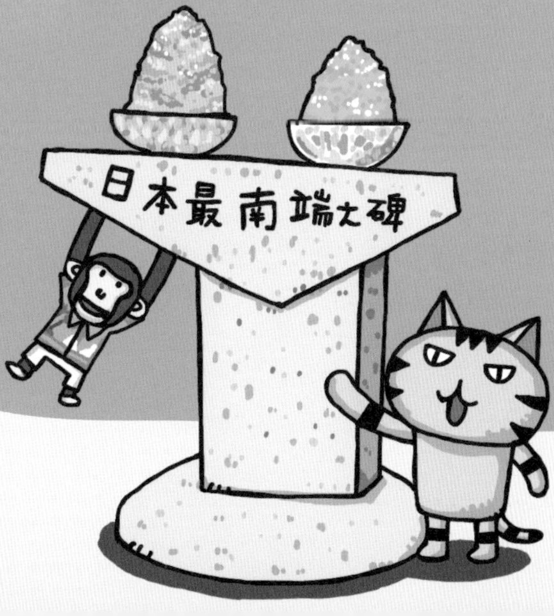

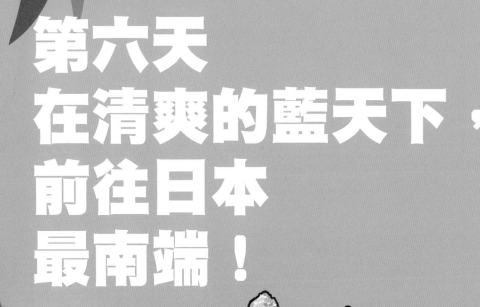

沖繩第6天
哦～天氣真好。
提到沖繩，果然就該是這樣。就是一定要大晴天才對。
嗯，嗯，就是要這樣～沒錯～
啊，大家早安。
咦？
不停顫抖
不停顫抖
不停顫抖
是藍色的！天空是藍色的耶～！
我差點以為，沖繩的天空是老鼠色的——
太棒了
回想起來，來沖繩後每天都下雨哩。
限界です。
這下終於轉雨為晴了！
3比2
好——既然放晴了，今明最後兩天，我們一定要好好探訪南國度假勝地沖繩。所以今天的目標，就是到日本最南端的波照間島，成為抵達日本最南端的插畫家。
我的幹勁都來了——！
波照間島
◎人口約600人。
◎可以清楚看見南十字星。
◎有工廠可以製造蔗糖。
◎是日本最南邊。
◎聽說NISHI濱海灘非常美麗。
NISHI濱海灘
製糖工廠
波照間機場
日本最南端石碑
要去這裡！
從已經熟得像自家廚房的離島棧橋出發，搭乘客船，在海上搖晃1小時後，就能抵達波照間島了。
走，前往日本最南邊的島嶼♪

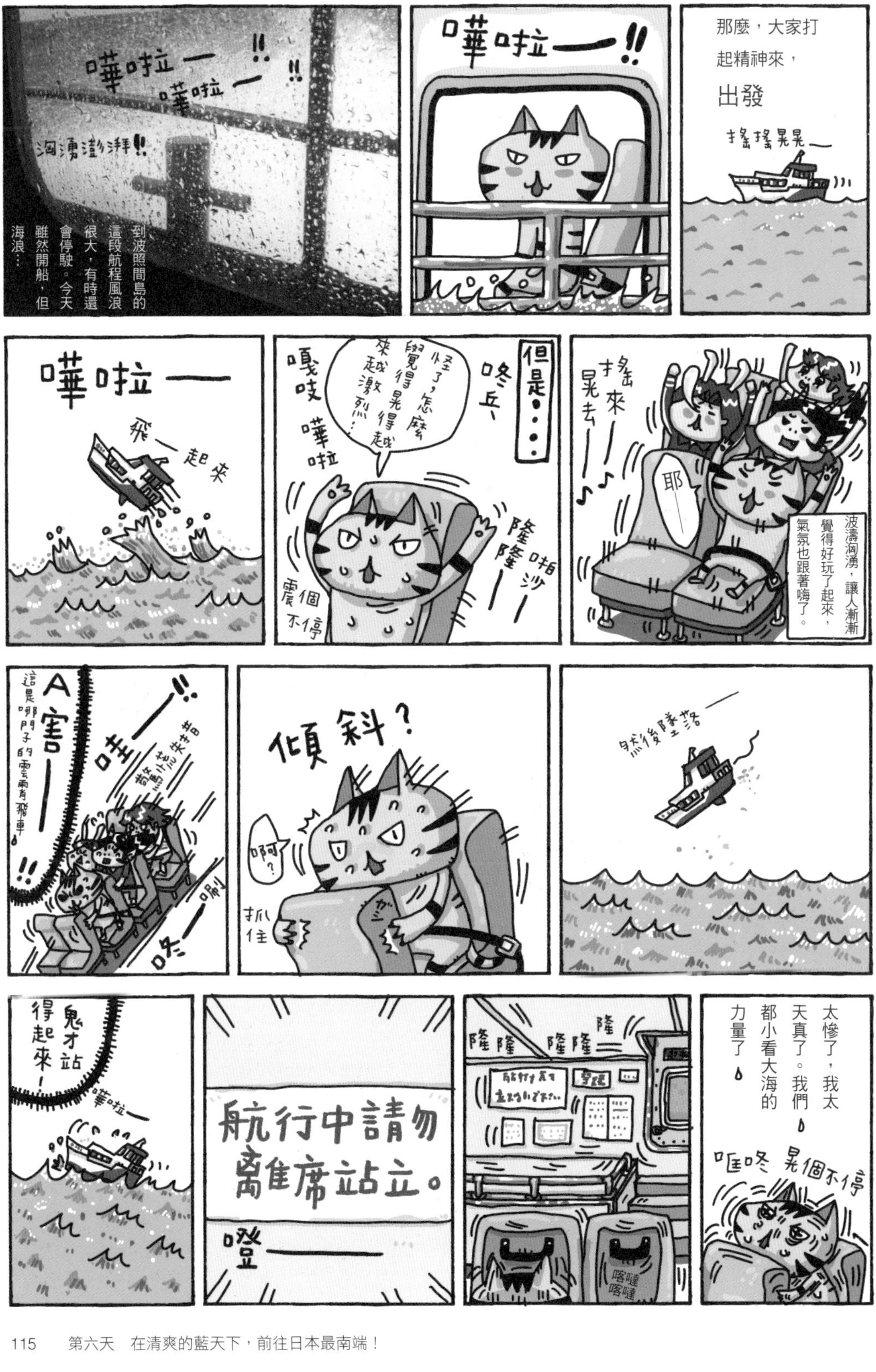
嘩啦—!!
嘩啦—!!
洶湧澎湃!!
到波照間島的這段航程風浪很大，有時還會停駛。今天雖然開船，但海浪……
嘩啦—!!
那麼，大家打起精神來，
出發
搖搖晃晃—
嘩啦—
飛—起來
但是……
咚乓、
怪了，怎麼覺得晃得越來越激烈……
嘎吱
嘩啦
隆隆啪沙—
震個不停
搖來晃去—
耶—
波濤洶湧，讓人漸漸覺得好玩了起來，氣氛也跟著嗨了。
A害—!!
這是哪門子的雲霄飛車!!
哇—!!
驚慌失措
咚—唰
傾斜？
啊？
抓住
然後墜落—
鬼才站得起來!
嘩啦—
航行中請勿離席站立。
噔—
隆隆
隆隆
隆
喀噠喀噠
太慘了，我太天真了。我們都小看大海的力量了。
哐咚 晃個不停

到嘍——
波照間島
南十字星が輝く
日本最南端の島
波照間島観光案内図
終於到了……
嗚呼
海浪真大，我第一次遇到那樣的海浪…來這裡後才見識到。
哈哈哈，這只是小意思。
今天上下搖的程度只有3m左右，前天海浪甚至有5m高呢。那種搖晃程度，會讓人懷疑是不是在搭巨雷山呢。
咦——真的假的
真的假的
怎麼辦？要是回程真的那麼激烈的話……
讓我們打起精神，開始漫遊波照間島～！
這裡並不是很大的島嶼，所以我們決定騎腳踏車環島一圈。
租車 小丑魚
騎上租來的腳踏車，let's go——！
這是波照間島輕便公車～♪
為啥是粉紅色的……
噔——
拜託不要搖得太厲害喲。
出發
唰——
唰——
唰——
偶爾騎騎腳踏車也不錯，風好舒服♪

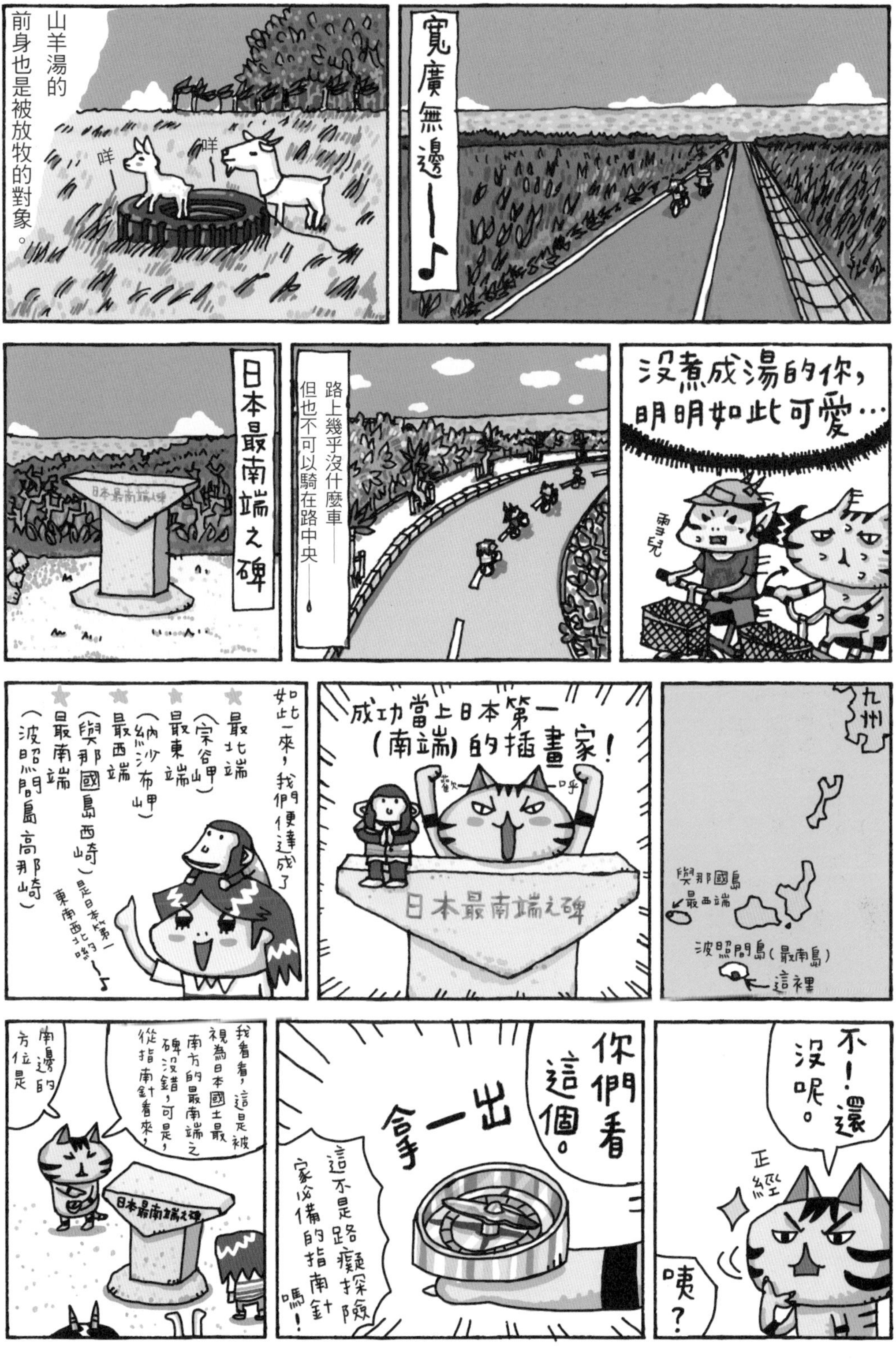
寬廣無邊～♪
山羊湯的前身也是被放牧的對象。
咩
咩
日本最南端之碑
日本最南端之碑
路上幾乎沒什麼車——但也不可以騎在路中央——
沒煮成湯的你，明明如此可愛…
雪兒
九州
與那國島 最西端
波照間島（最南島）
這裡
成功當上日本第一（南端）的插畫家！
歡
呼
日本最南端之碑
如此一來，我們便達成了
★最北端（宗谷岬）
★最東端（納沙布岬）
★最西端（與那國島西崎）
★最南端（波照間島高那崎）
是日本第一東南西北哟～♪
不！還沒呢。
正經
咦？
你們看這個。
拿一出
這不是路癡探險家必備的指南針嗎！
我看看，這是被視為日本國土最南方的最南端之碑沒錯，可是，從指南針看來，
南邊的方位是
日本最南端之碑

在這邊！沒錯，往前還有一段陸地！
這一邊
也就是說，日本真正最南邊的地方，就是那塊陸地最邊邊。如果我們的目標是真正的日本最南端，就必須到那裡去。
他這是在自找麻煩——
衝啊！讓我們前往真正的日本最南端！
興——奮
於是，我們從最南端朝更南端前進！一開始是草地，走起來很輕鬆…
噗吱。
啪嚓。
可是，海浪淹過的地區，岩石崎嶇不平，看起來很難走。
喔喔
好痛！
可能是被浪花沖刷過，岩石很尖銳，有點危險。大家要小心。
大家加油！再往前一點，只要再往前一點，我們就能抵達真正的最南端！
好險！
岩石碎裂崩落。
呼～剛剛真是危險！
到了這一區，因為海水的緣故，岩石變得很脆弱。
要是不留意，就會受傷哩
各位，這裡很容易碎裂，大家最好小心…沒人在——？
妳們都跑去哪裡…
啊，看到了！
與其說妳們跑去哪裡，應該說妳們根本哪裡都沒去。竟然都沒跟過來。
那種地方，鬼才去。
……
……
要走嘍——
……

南國海灘——!!
棒喔呆了
NISHI濱!
大家看！白色的沙灘，
藍色的海——!!
太高雅了—!!
而且，我們還獨占這片美景呢。在東京，根本無法想像海灘空無一人的景象。♪
唉——這下終於湊齊陸海空，組合成完美的南國度假勝地了——
噔噔噔噔噔…
那個人在幹什麼？獨自一人緊貼在岩石上？
定住不動
有人！
嘎？

還散發出一種鑽進牛角尖想不開的感覺！
嘩啦—
有什麼煩惱嗎？
不、不會有事吧？
哇 哇♪ 哇♪
那個人應該是獨自出來做傷心失戀之旅吧…就好比寄居蟹一樣，我們就讓人家好好地安靜獨處吧。
怎樣？
夠句噁吧？
唰—
唰—
唰—
好累喔—
好渴喔—
咋—嘰
咋—嘰
我們去那個公車站休息一下嘛—
那個站牌感覺真有型
這裡才不是公車站牌哩，是充滿手工感的時髦露天咖啡店哩。有賣剉冰哩。
我想吃剉冰—
我要藍色波照間
黑糖蜜特製冰
杏仁豆腐
我也是
來了超大份剉冰—!!
黑糖蜜
黃豆粉
煉乳
藍色波照間
呀哈—好冰—
都已經十一月了，吃剉冰卻一點都不覺得冷。這才是南國度假勝地的生活♪
這才是度假者應有的舉動♪
感覺就像在終年夏天的夏威夷—！雖然我從沒去過，夏威夷應該就像這樣吧—

滑嫩～
黑糖蜜杏仁豆腐～
喀哩
大口吞
喀哩
大口吞
喀哩
大口吞
南十字星閃耀的下水道孔蓋
因為感同深受，所以買了討厭山羊湯的明信片。
山羊汁苦手
店裡還有賣明信片，於是買了幾張。
請給我這張和那張。
回石垣島去嘍～
歸還租來的腳踏車。再會了，夥伴。
雖然很累，不過玩得很盡興喲～
問題在搭船期間。來的時候，船晃得像雲霄飛車，回程不知道會怎樣？
剛開始的時候，我以為沒事⋯⋯
搖搖——
晃晃——
啟航
要回去了嗎？
咦，要走了嗎？
可能是
可能是
波照間島乘客棧橋的吉祥物小丑魚姊妹

砰咧！
嗚嗯—
結果還是來了！
而且比去程更激烈。5m等級的出現了—
嘩啦—
噫噫
我們去那裡走走，恢復一下，同時找間店吃晚餐吧……
再去市場逛逛如何？離這裡又近。
石垣島
嘩啦—!!
啊——!
市場初次造訪組♪
哦—東西琳琅滿目耶
公設市場二度造訪組♪
不久前，我在這裡吃了楊桃S
吃了楊桃S
我們再度造訪市場，順便尋找晚餐餐廳♪
普利斯，給我香蕉，
島香蕉
☆可當伴手禮送人！變黃時就能吃了。
啊！

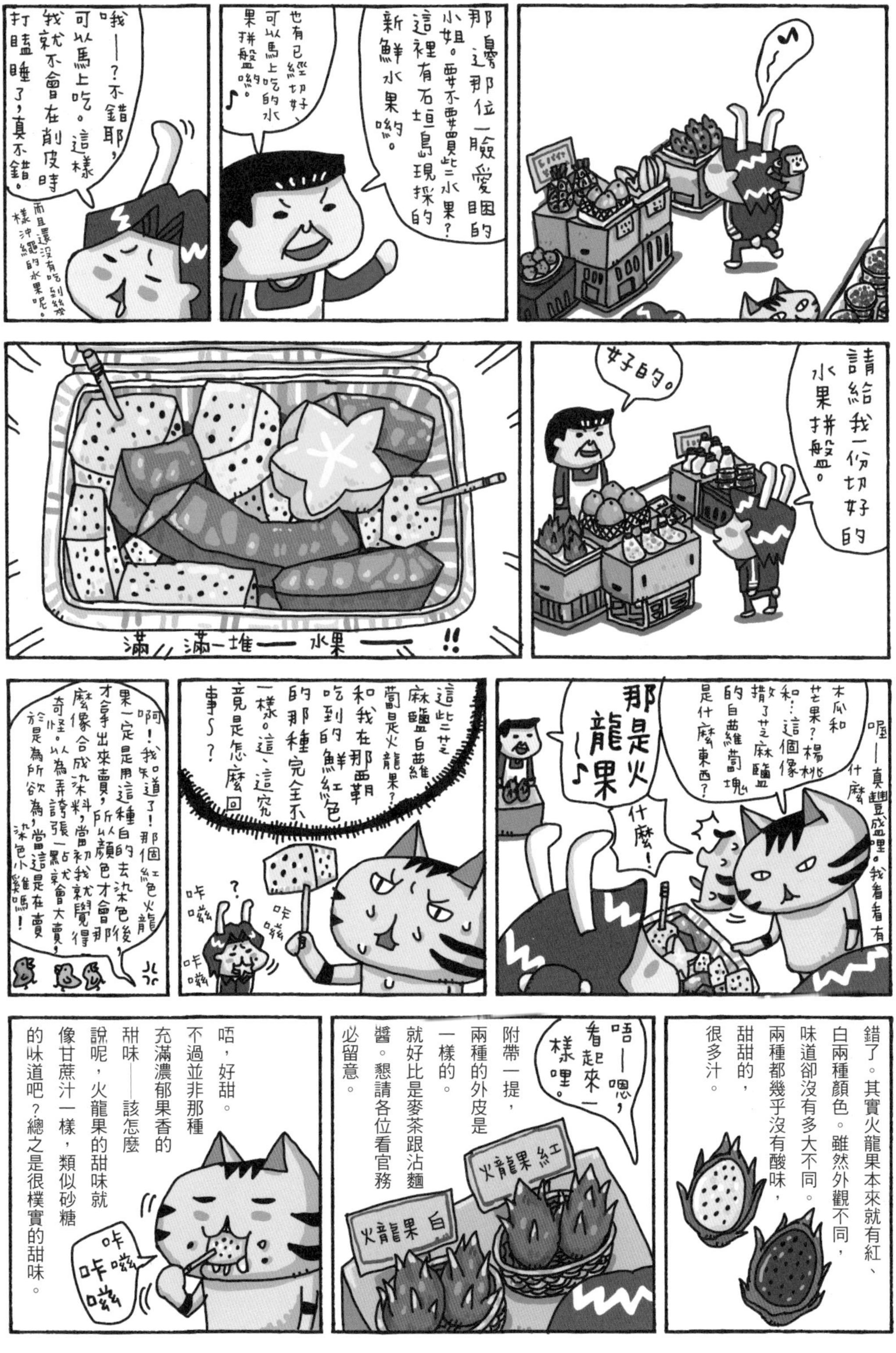
♪～
那邊那位一臉愛睏的小姐。要不要買些水果？這裡有石垣島現採的新鮮水果喲。
也有已經切好、可以馬上吃的水果拼盤喲♪
哦——？不錯耶，可以馬上吃。這樣我就不會在削皮時打瞌睡了，真不錯。
而且還沒有吃到絲樣沖繩的水果呢。
請給我一份切好的水果拼盤。
好的。
滿滿一堆——水果——!!
喔——真豐盛哩。我看看有什麼
什麼
木瓜和芒果？楊桃和…這個像撒了芝麻鹽的白蘿蔔塊是什麼東西？
那是火龍果～♪
什麼！
這些芝麻鹽白蘿蔔是火龍果？和我在那霸吃到的鮮紅色的那種完全不一樣。這、這究竟是怎麼回事～？
咔嗞
咔嗞
咔嗞
?
啊！我知道了！那個紅色火龍果一定是用這種白的去染色後，才拿出來賣，所以顏色才會那麼像合成染料，當初我就覺得奇怪。以為弄誇張一點就會大賣，於是為所欲為，當這是在賣染色小雞嗎！
錯了。其實火龍果本來就有紅、白兩種顏色。雖然外觀不同，味道卻沒有多大不同。兩種都幾乎沒有酸味，甜甜的，很多汁。
附帶一提，兩種的外皮是一樣的。就好比是麥茶跟沾麵醬。懇請各位看官務必留意。
唔—嗯，看起來一樣哩。
火龍果 紅
火龍果 白
唔，好甜。不過並非那種充滿濃郁果香的甜味——該怎麼說呢，火龍果的甜味就像甘蔗汁一樣，類似砂糖的味道吧？總之是很樸實的甜味。
咔嗞咔嗞

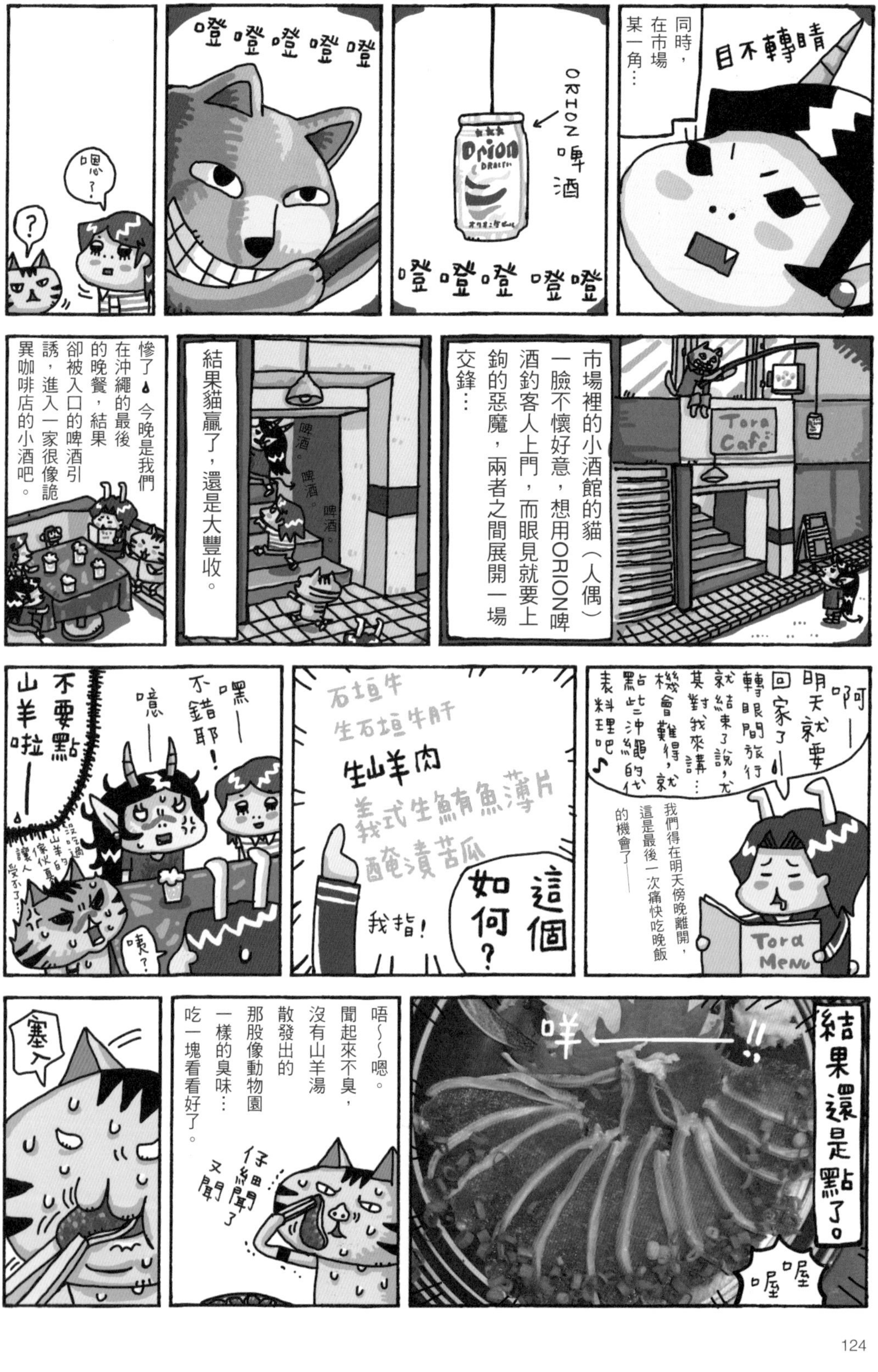

同時，在市場某一角…
目不轉睛
ORION 啤酒
噔噔噔 噔噔
噔噔噔噔噔
嗯？
？
市場裡的小酒館的貓（人偶）一臉不懷好意，想用ORION啤酒釣客人上門，而眼見就要上鉤的惡魔，兩者之間展開一場交鋒…
Tora Cafe
結果貓贏了，還是大豐收。
啤酒。
啤酒。
啤酒。
慘了💧今晚是我們在沖繩的最後的晚餐，結果卻被入口的啤酒引誘，進入一家很像詭異咖啡店的小酒吧。
啊——明天就要回家了
轉眼間旅行就結束了說，尤其對我來講…機會難得，就點些沖繩的代表料理吧♪
我們得在明天傍晚離開，這是最後一次痛快吃晚飯的機會了——
Tora Menu
石垣牛
生石垣牛肝
生山羊肉
義式生鮪魚薄片
醃漬苦瓜
這個如何？
我指！
嘿——不錯耶！
噫——
不要點山羊啦——💧
沒吃過山羊的傢伙真讓人受不了…
咦？
結果還是點了。
咩——!!
喔喔
唔~~嗯。聞起來不臭，沒有山羊湯散發出的那股像動物園一樣的臭味…吃一塊看看好了。
仔細聞了又聞
塞入

咕嚕
咕嚕
咕嚕
真的假的？
怪了？
沒有腥味，很好吃。這真的是山羊肉嗎？
薑
大蒜
洋蔥絲
山羊皮
太不可思議了
味道溫醇，沒有腥味，就跟生馬肉一樣爽口。好吃到讓人聯想不起這和那道羊肉湯是同一種肉！
天靈靈地靈靈～
咕嘟
咕嘟咕嘟
原因一定是這樣吧。羊肉湯會有那股味道，是因為把肉、內臟、骨頭和血全都放在一起燉煮的緣故吧。再說，平常只吃草和信紙的草食性動物會有那種野獸腥臭味，本來就是件怪事
嗚嗯～
只是皮很硬很難咬，拿掉以後再吃比較好。
我拉我拉我拉我拉
好噁！
之後，為了在最後做個沖繩料理總巡禮，我們點了一道又一道的菜。剛走進這間用啤酒引誘客人進門的餐廳時，我們還以為絕對是踩到地雷了。其實這裡的料理很美味，我們大飽口福♪
我要塔可飯～
八重山蕎麥麵～
炒苦瓜～
ORION啤酒再來一杯
呼——吃得好飽。最後的總巡禮就像走馬燈一樣，讓我們想起了過去幾天的沖繩旅行的點滴。在食物上，這趟旅行已經沒有任何遺憾了。雖然山羊湯似乎毀了一切，不過沖繩料理基本上都很好吃呢～♪
嗝～
然後，終於到了最後一天——

生長於沖繩的水果們

火龍果

初次見到時，真的嚇了一跳～
名字很氣派就算了，就連顏色～尤其是紅色的那種，根本就像剛醃不久的柴漬。而滋味平凡這點也很了不起。這是反差吧。外表和味道的反差實在太深了。就好比炎風車族的首領飼養哈姆太郎一樣，味道溫和到令人意外又震驚。

百香果

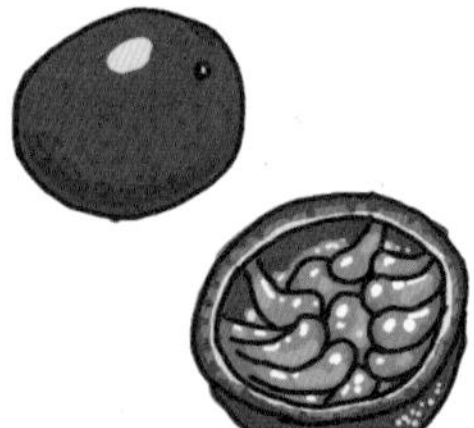

從來沒想過，原來百香果真的存在。以前只要在果汁之類的東西上看到「百香果口味」，都以為是放了很多不同的南國熱情水果。因為那可是「百香果」(passion fruit)，是「熱情水果」耶？就像搖滾樂團葡萄不是嗎？從沒想過會有水果的名字那麼充滿放克風，因而認定所謂的百香果口味就是綜合果汁，而一直喝到現在……天吶。那麼，水果雞尾酒(fruit punch)也是一種真實存在的水果嘍？話說回來，這種水果的果肉還真像青蛙的咳咳呢。

↑自重

木瓜(papaiya)

既然有討厭爸爸(pa-pa-i-ya)，為什麼沒有討厭媽媽(ma-ma-i-ya)呢，我實在難以接受。
爸爸也是每天都為了家人而拼命工作，要是聽到妙齡女兒說出這種話，一定會覺得很受傷。
所以希望趕快發明討厭媽媽出來。

鳳梨

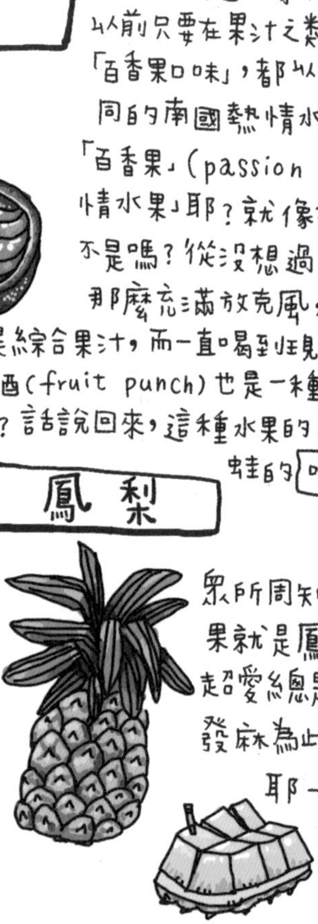

眾所周知永遠的夏季水果就是鳳梨。小澎也超愛總是一直吃到舌頭發麻為止，這就是鳳梨。
耶——♪

島香蕉

體型很小的香蕉。
到了市場，看到綠色的香蕉被繩子掛在半空中，還以為綠色的狀態就可以吃了。結果是掛著等它變黃再吃。……這是那個吧……就只是普通的香蕉吧。

芭樂

芭樂(gua-ba)…你們不覺得很拗口嗎？不是「gu-a-ba」，而是「gua-ba」耶？gua-ba！唸得又快又溜的人只有我嗎？
芭樂！芭樂！
阿諾史瓦辛格！
芭樂！
zenegger！
gua-ba！

我沒吃過，所以不知道味道如何。

扁實檸檬

沖繩蜜柑的代表性水果。
我要說一個大家八成都沒注意過的扁實檸檬祕密。聽好嘍？把扁實檸檬(sii-ku-waa-saa)的名字簡化以後……就是石獅(sii-saa)了！住手！不要把扁實檸檬榨出來的果汁潑到我身上。要潑就潑到生魚片或者烤魚上！或和醬油拌一下，做成果醋醬也不錯。（譯註：在台灣稱為酸桔仔。）

楊桃(star fruit)

這個業界不就是以外表取勝嗎？就這一點來說，我覺得它是非常占優勢的。
只不過，就算一開始可以靠外表大賣，受大家吹捧，但不可能永遠維持相同盛況吧。時間流逝，外表也會改變，不可能像剛出道時一樣風光。年輕新鮮人會不斷出現，老鳥不可能一直穿著四輪溜冰鞋跳舞，要存活下來，就必須擁有長相以外的其他技能。這時，看是要活用有深度的演技，轉行去當演員呢？還是靈活運用巧妙口才，從參加綜藝節目到擔任主持人都樣樣通的電視明星呢？我認為，未來的明星都必須具備一股能順應時代、不斷改變自己的靈敏度。

芒果

芒果有一股撲鼻的味道，讓我很受不了…覺得就像在吃香水一樣的食物，只有我如此感覺而已嗎？是喔。

生長於沖繩的蔬菜們

苦瓜

不用說大家都知道，它就是沖繩蔬菜王。炒苦瓜萬歲！

在盛產地吃遍各式各樣的炒苦瓜之後，原本就很喜歡這道菜的我對它更加著迷了。現在，我把產地直送的新鮮苦瓜縱切開來，挖出裡面的內膜和籽除淨（這是重點！內膜和籽是苦味的來源，挖乾淨就能減少苦澀味，更容易入口）後，切成4mm左右的厚片，和豬肉、豆腐一起熱炒，用鹽和胡椒粉調味，加入打散的蛋汁後就可以起鍋的這道菜，會到附近的超市買回家吃。

長命草

當初在與那國島吃這道菜的時候，嚐到了一股強力膠的味道，讓我噁～了出來。不知那是長命草本來的味道，還是老奶奶調味的關係。但總有一天，我要回去雪恥。而且我也不想早死。

島辣韭

這種菜口感爽脆，很好吃。做成一般的醃辣韭很不錯，做成天婦羅也非常美味。

青木瓜

姑且先不管青討厭媽媽……
喂，這傢伙已經出現在方才的
「生長於沖繩的水果們」裡面了吧——！
不是已經以水果的身分露面過了嗎——！

可能以為只要在名字前面加個「青」，拿出來當蔬菜也OK的樣子。但如果這理由成立，豈不是連青蘋果也算蔬菜了嗎？這樣真的好嗎？不然打電話給青蘋果，請它過來，我們3個好好聊聊如何？不樂意對吧？覺得困擾對吧？不然，把青海苔也叫來好了？反正你又不是第一次？

店長說，以前看過你來了幾次耶？附近的太太們也稱讚過，說平時的你很爽脆，口感佳，炒過以後非常美味喲。

在沖繩，大家把切成細絲叫做「shi-ri-shi-ri」對吧？把你切成細絲後，泡水去澀味，再把水濾乾，和同樣切成細絲的紅蘿蔔或青椒一起放進豬肉裡拌炒，加鹽巴和胡椒粉調味後，木瓜i-ri-chii（炒青木瓜）就完成了——！

這一次店長也同意了，我就打電話給你太太，請她來接你吧？尊夫人的名字是什麼？嗯？青討厭媽媽？真是夠了！

對不起——

莙薘菜
(n-su-na-baa)

開頭是「嗯」的詞彙，除了「嗯嗯」以外，這還是我第一次聽到。

啊！那是「U」開頭的大便呀？介紹食物的時候，還是別寫什麼大便的吧——對不起——

（譯註：原產於歐洲南部，在台灣俗稱牛皮菜、茄茉菜。）

絲瓜

na be ……ra-!!
就是絲瓜啦。

到了第6天，終於放晴了！天空原來是藍的呀…

從石垣島搭渡輪前往波照間島。海面波光粼粼，很耀眼！

抵達日本最南端「高那崎」！再也沒有比眼前的廣闊大海更棒的東西了。趕緊和紀念碑合照。這就完成了到沖繩取材的兩大使命了。

騎腳踏車環島。筆直的道路無限延伸到遠方，很舒服～！還受到當地的狗狗熱烈歡迎！

在海邊稍微休憩。沖繩的海原來真的是這種顏色啊……漂亮得太過火，讓人都興奮起來了！……才怪，反而是覺得心情非常沉靜。大家各自用不同的方式度過這一刻。

吱吱！是我夢想中的島香蕉！來人，快買給我！

在石垣港看到的夕陽，讓人不禁停下腳步。希望明天也是晴天！

第七天
戶外活動 100%
獨木舟&
叢林探險

7

沖繩第7天（最後一天）。
好像很漫長，好像幾乎都在下雨，好像還被颱風直襲的這趟沖繩取材之旅，終於來到了最後一天。最後，就以沖繩風來畫下句點，把整條苦瓜拿來啃吧？不不不，最後是這個才對，是戶外體驗百分百。
在西表島體驗划獨木舟&徒步攀登叢林
終於來了——!!
從敲定要到沖繩取材開始，金子編輯就一直殷殷期盼體驗划獨木舟，還親自規劃行程表，結果第3天遇到颱風直撲，別說划獨木舟了，連去西表島都不可能，計畫只好中止。還以為金子編輯的獨木舟的夢想破滅了，沒想到調整行程以後，竟然可以在最後一天實行——！
能在西表島出生，真是太棒了——！
激——動
喂，妳是在東京出生的吧，金子編輯。
真是的，因為颱風中止了那計畫，我還正在這裡慶幸的說——我實在不喜歡戶外活動耶~那個叫獨木舟的，真的好玩嗎？
咗
覺得戶外活動與運動很麻煩的人。
哩供蝦密！
唉~真是的。按照原訂計畫，划獨木舟應該已經結束了，所以我都沒做準備——傷腦筋。
膽敢瞧不起獨木舟的傢伙，就是這種下場！
拳打加上腳踢
出現
出現
!?
伸縮性、吸汗性佳，就連悶熱難以入睡的夜晚，
也不會黏著皮膚，很舒適的布料。
褲子上有繩子，既不用綁皮帶，同時還能靠腰部的鬆緊帶調整得既寬鬆又合身，也能配合睡覺時的翻身動作。
這服裝的名字就叫睡衣！
震—驚

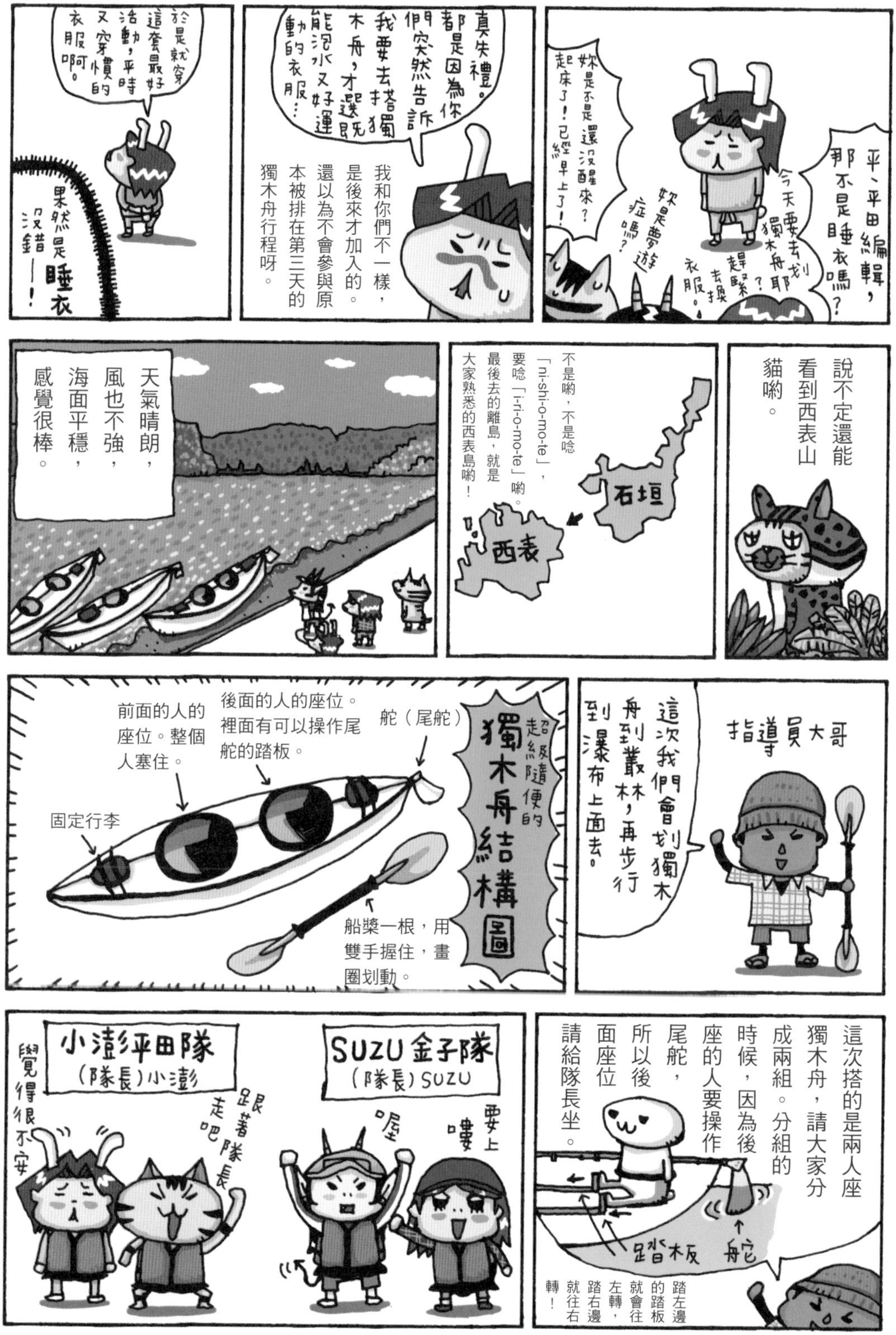
平、平田編輯，那不是睡衣嗎？
今天要去划獨木舟耶，趕緊去換衣服。
妳是夢遊症嗎？
妳是不是還沒醒來？起床了！已經早上了！
真失禮。都是因為你們突然告訴我要去搭獨木舟，才選既能泡水又好運動的衣服…
我和你們不一樣，是後來才加入的。還以為不會參與原本被排在第三天的獨木舟行程呀。
於是就穿這套最好活動，平時又穿慣的衣服啊。
果然是睡衣沒錯——！
說不定還能看到西表山貓喲。
不是喲，不是唸「ni-shi-o-mo-te」，要唸「i-ri-o-mo-te」喲。最後去的離島，就是大家熟悉的西表島喲！
石垣
西表
天氣晴朗，風也不強，海面平穩，感覺很棒。
指導員大哥
這次我們會划獨木舟到叢林，再步行到瀑布上面去。
超級隨便的獨木舟結構圖
舵（尾舵）
後面的人的座位。裡面有可以操作尾舵的踏板。
前面的人的座位。整個人塞住。
固定行李
船槳一根，用雙手握住，畫圈划動。
這次搭的是兩人座獨木舟，請大家分成兩組。分組的時候，因為後座的人要操作尾舵，所以後面座位請給隊長坐。
踏板
舵
踏左邊的踏板就會往左轉，踏右邊就往右轉！
SUZU金子隊
（隊長）SUZU
要上嘍
喔
小澎平田隊
（隊長）小澎
跟著隊長走吧
覺得很不安

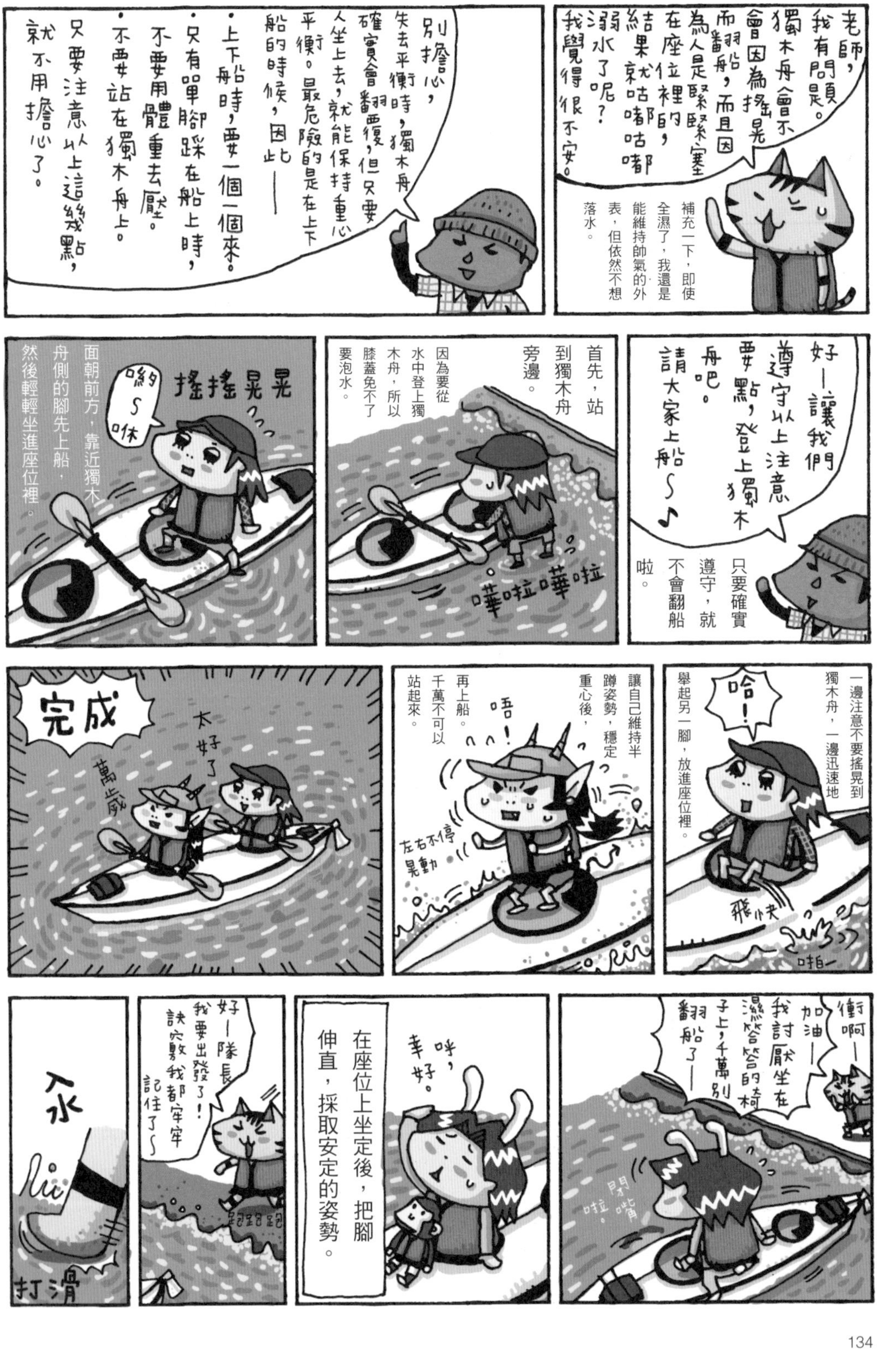
老師，我有問題。獨木舟會不會因為搖晃而翻船，而且因為人是緊緊塞在座位裡的，結果就咕嘟咕嘟溺水了呢？我覺得很不安。
補充一下，即使全濕了，我還是能維持帥氣的外表，但依然不想落水。
別擔心，失去平衡時，獨木舟確實會翻覆，但只要人坐上去，就能保持重心平衡。最危險的是在上下船的時候，因此——
・上下船時，要一個一個來。
・只有單腳踩在船上時，不要用體重去壓。
・不要站在獨木舟上。
只要注意以上這幾點，就不用擔心了。
好——讓我們遵守以上注意要點，登上獨木舟吧。請大家上船～♪
只要確實遵守，就不會翻船啦。
首先，站到獨木舟旁邊。
因為要從水中登上獨木舟，所以膝蓋免不了要泡水。
嘩啦嘩啦
搖搖晃晃
喲～咻
面朝前方，靠近獨木舟側的腳先上船，然後輕輕坐進座位裡。
一邊注意不要搖晃到獨木舟，一邊迅速地舉起另一腳，放進座位裡。
哈！
飛快
啪—
讓自己維持半蹲姿勢，穩定重心後，再上船。千萬不可以站起來。
唔！
左右不停晃動
完成
太好了
萬歲
衝啊—
加油—
我討厭坐在濕答答的椅子上，千萬別翻船了—
閉嘴啦。
呼，幸好。
在座位上坐定後，把腳伸直，採取安定的姿勢。
好—隊長
我要出發了！訣竅我都牢牢記住了～
入水
打滑

落水
嘩啦——!!
震——驚
咦咦——在那種地方——?
聽了一大段獨木舟講習，卻在和獨木舟毫無關聯的地方落水——!
你…你沒事吧?
※很遺憾，這是事實。
滴嗒滴嗒吧嗒…
打一擊
我不要這種隊長啦~!要求重新組隊——
妳太衰了，平田編輯。
…大家都上船了吧。
那麼就出發吧。請大家跟著我。
雖然操作尾舵是隊長的工作，但划槳需要兩人的步調一致。喊出聲吧。
一、二!
一、二!
嘩啦
嘩啦
嘩啦
嘩啦
獨木舟很貼近水面，坐起來感覺很獨特。
哎呀，不是我在說，一旦渾身都濕透了，就覺得翻船也無所謂了，也跟著划大膽起來了呢♪
拜、拜託你謹慎地划，千萬不要翻船!
還有…
拜託你好好操作尾舵好嗎!隊長(哭)!
嗯?有點歪嗎?
歪七扭八彎來彎去

hi-nai川
河川兩邊是茂密的紅樹林叢林。樹根好壯觀——！
水流很緩慢，河裡也沒有波浪但絕對不可以對船舵的操控產生輕忽之心。
嘿咻
是不是要再左邊一點？
否則就會變成這樣。
對不起——我們撞進紅樹林裡了。救救我們～
猛推猛撞
嗚！
嗚！
唔喔喔喔喔！
揮動
追上了——！終於可以筆直前進了——
嘩啦嘩啦嘩啦
要是就快撞上別的獨木舟時，就用船槳輕輕抵住對方的獨木舟，改變行進方向，以免互撞。
哎呀，謝啦
我推
抱歉
這是大人的禮節。
哎呀，好危險。失禮嘍～
啊，非常感謝你…
推
啊～
啊～
嘩啦啦
狠——
推!!
喝啊！
你們就飛到稚內去吧～！
嘿嘿——第一名就由我們收下了～♪
掰掰啦
嗚嗚

超越了！呵呵呵，怎樣？我們這邊的團隊力量很強大吧。
飛──逮
嗚！
唔──我們盡全力衝刺吧──隊長！
在大自然裡，不斷反覆進行無聊之爭的人們…
唔唔我們豈能輸~~
划呀划呀
衝呀衝呀
再來再來──衝啊。
什麼！
震一驚
發呆──
你們那邊的隊長，從剛剛開始就完全沒在划船喲，她都在發呆喲，一直發呆著。
竊笑不停
呼！哈！呼！哈！
哼，真不愧是金子編輯，挺能幹的嘛。不過，我告訴妳一件事吧…
嗚喔─
？
登陸叢林
嘿呀
…
滾去那邊吧
不要過來
喂─妳身為隊長，到底都在幹什麼！
贏了
…嗯？啊，是啊，是這樣的，因為我覺得風吹得好舒服啊~
快划。
不管是紅樹林，還是眼前這棵樹，沖繩樹木的樹根都好壯觀。
樹根
好大─！
聽我說──現在我們下獨木舟，開始徒步攀登叢林──前往hi-na-i-sa-ra瀑布，出發吧──！
便當和水壺都準備好了。

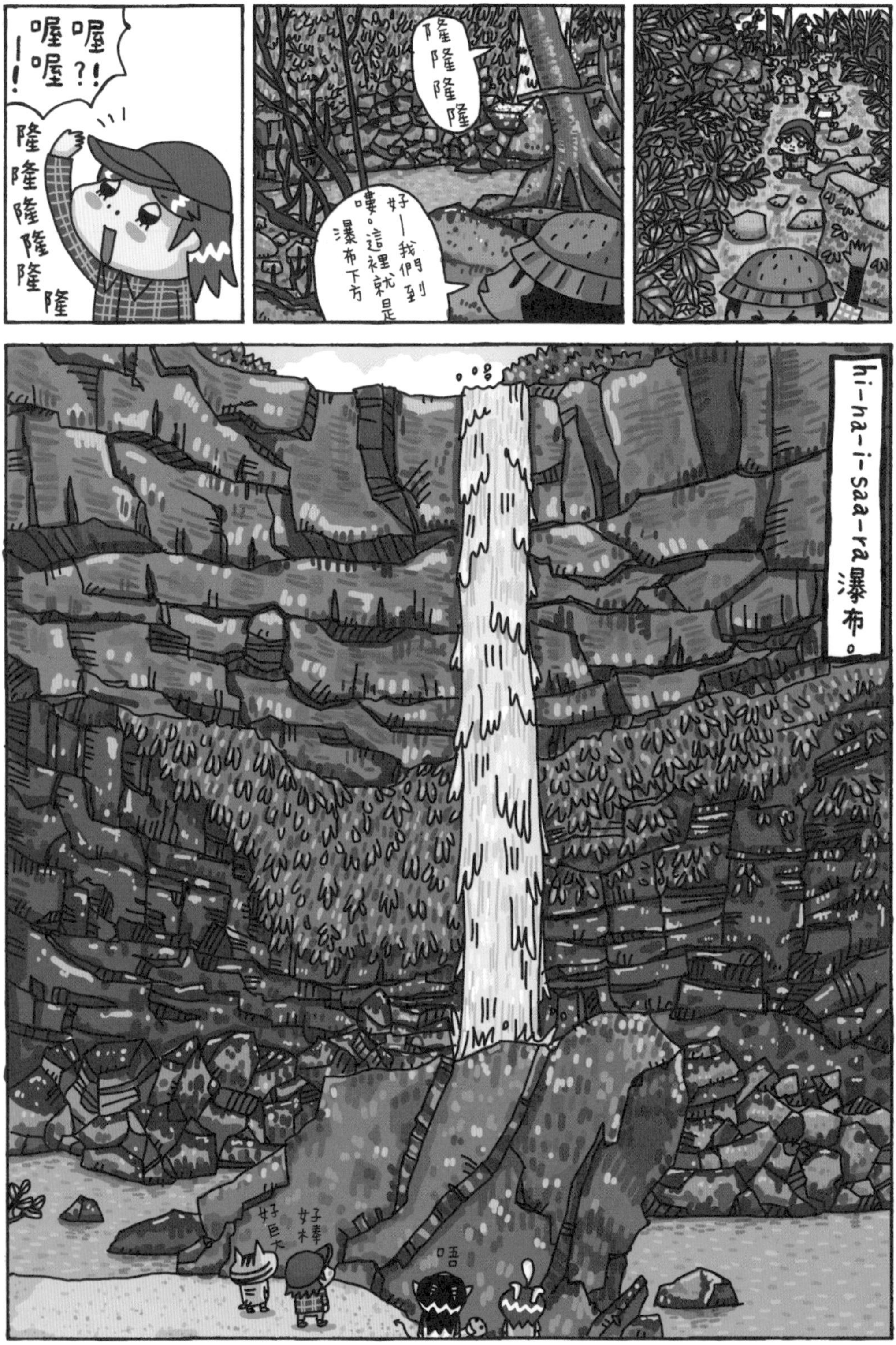
隆隆隆隆
好—我們到嘍。這裡就是瀑布下方
喔?!
喔喔!!
隆隆隆隆隆隆
hi-na-i-saa-ra瀑布。
好巨大
好棒
唔

哇—♪
哇—♪
哇—♪
我們就在這裡吃午飯吧。我來燒茶水，各位先吃這些便當——請過來拿吧—♪
好♪
鏘——
喔
我來看看是什麼便當呢——？
打開
運動過後，在戶外吃便當最棒了
好餓好餓
狼吞虎嚥
沒想到，竟然是神仙魚便當——!!
不會吧
噔——！
仔細看——
嗯？
咚咚咚咚咚…
…
這吃起來味道如何？好期待喲——！
沖繩果然夠猛——♪
看啊！是炸神仙魚耶！
揮來揮去
？
好驚人——雖然我知道青背魚能吃。
太強了——到目前為止已經吃過椰子蟹和山羊各種東西，沒想到連這個也能吃…

合體！
不過就是普通的魚，怎麼了嗎？
喂，那邊那兩個，看了嗎？看便當了嗎？妳們的便當是哪種神仙魚？這實在是太猛了！
激動地揮來揮去
夾起
沒事
轉頭
你剛剛說什麼～？
啊！
這是不可能的
嘩啦
我游
我游
登上瀑布上方…
好ー大家都吃完午餐了，接下來前往叢林山旅的終點，登上hi-na-i-saa-ra瀑布的上方吧。
路程很辛苦
要爬上叢林的更高處，前往這裡

編注:「川口浩探險隊」是1970～1980年代,非常受到大人和小孩歡迎的紀錄片節目。

各位，差不多該回去了喔。
為大家說明
這傢伙有懼高症。
要、要是掉下去的話，會死翹翹的！
小澎也到這邊來看看。超棒的喲。
別過來
喔—真棒—
啊。
打滑
步履蹣跚—
嘿…咻
所、所以說，我們才是川口浩探險隊嗎？
喘得要命
嗖哩—
幫我著陸
搖晃—
噫！
我踢！
嘿！
滑溜
噗嗚！
回程路線改從海上回去—
和河川不一樣，大家要小心。
上船吧，上船吧～
瀟灑地跳上獨木舟～！
我跳
鑽入
鑽入
下山吧，下山吧——即使背部被踢傷，依然繼續下山——

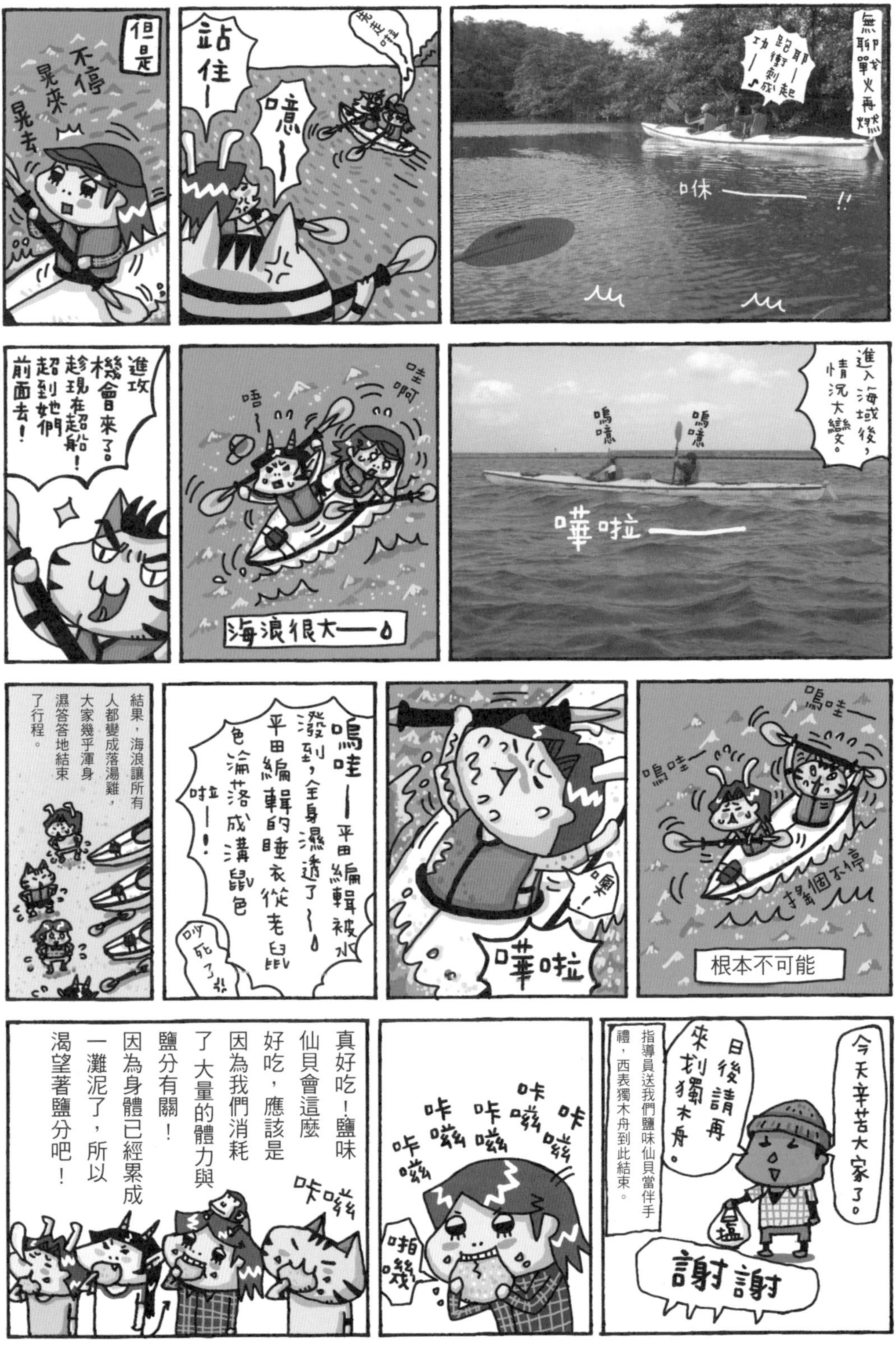

但是
不停晃來晃去
站住—
嘻~~
先走啦♪
無聊戰火再燃
耶—起衝刺成功—♪
咻——!!
進攻機會來了。趁現在超船！超到她們前面去！
唔~
哇啊
海浪很大——
進入海域後，情況大變。
嗚噫
嗚噫
嘩啦——
結果，海浪讓所有人都變成落湯雞，大家幾乎渾身濕答答地結束了行程。
嗚哇—平田編輯被水潑到，全身濕透了~平田編輯的睡衣從老鼠色淪落成溝鼠色啦—！
吵死了！
噗！
嘩啦
嗚哇—
嗚哇—
搖個不停
根本不可能
真好吃！鹽味仙貝會這麼好吃，應該是因為我們消耗了大量的體力與鹽分有關！因為身體已經累成一灘泥了，所以渴望著鹽分吧！
咔嗞
咔嗞
咔嗞
咔嗞
咔嗞
啪嗞
今天辛苦大家了。
日後請再來划獨木舟。
指導員送我們鹽味仙貝當伴手禮，西表獨木舟到此結束。
鹽
謝謝

結束了獨木舟行程後，我們又噗咚噗咚地漂回那座幾乎可以稱為我們的第二故鄉的石垣島。我們為了買名產而回到島上。
噗咚噗咚
石垣島
西表島
真～～甜
傻笑—
你好噁
特撰 日本最南端 波照間島產
黑糖
健康一番
石垣市公設市場2樓是名產店。
手工黑糖
試吃盒
所謂的黑糖，就是把榨甘蔗汁熬過後的產物。
以前不知道。
還一直以為，黑糖肯定是在砂糖裡摻了什麼黑黑的物體呢。也就是說，黑糖的黑，是原本的自然顏色。
據說擁有製糖工廠的波照間島所產的黑糖，是黑糖中的精英。
好甜
好香
好濃郁
好，那我就買黑糖另外還有必買的金楚糕、泡盛、魚板、海葡萄、香片茶、八重山蕎麥麵、豬雜湯、開口笑、鹽味仙貝、長命草餅乾、苦瓜、火龍果、楊桃、芭樂、芒果、木瓜、島香蕉、阿古豬、豬耳朵、午餐肉罐頭、島辣椒、泡盛辣椒醬以及BLUE SEAL
哈，哈，哈，
根本買不了這麼多。
介紹了這麼多沖繩名產，真是辛苦了。
嗯——旅行結束！
從颱風到藍天，
我們徹底享受過沖繩
了。要回家了。
再會了，沖繩。
有機會還會再來的。
天氣好的時候，
我們會再來的——！

沖繩我沖過來了，
結束。

這次很可惜
沒體驗到的沖繩活動們
潛水
釣梶木魚有
彈三線

參觀美麗海水族館
看蝮蛇vs.狐獴擂台賽
HUB vs M
U★
戀愛一夏
這樣啊，原來妳是單身一人。其實我也是單身一人，是正面的意思喲。

自作主張選出的沖繩綜合排行前三名！

唔喔—
men-sou-re-,
前三最～！

★ 真的好吃得不得了的沖繩料理前三名！

第1名　八重山蕎麥麵
第2名　炒苦瓜
第3名　ORION啤酒

★ 真的無法接受的沖繩料理前三名！

第1名　山羊湯
第2名　涼拌長命草
第3名　苦瓜原汁

★ 真的好感動！前三名！

第1名　海水很碧藍
第2名　生長在西表島的樹林的樹根好巨大
第3名　逍遙又悠閒的時光的流逝

★ 真的好失望！前三名！

第1名　沒能看到海底遺蹟
第2名　天空幾乎都是灰色的
第3名　平田編輯沒有睡過頭，按時抵達

★ 真的好震驚！前三名！

第1名　一次來兩個颱風！
第2名　平田編輯沒有睡過頭
第3名　水牛車慢到一個很可怕的地步

★ 感覺充滿沖繩風味的前三名！

第1名　到處都看得到石獅的蹤影
第2名　市場裡的魚兒，很鮮豔　（颱風來時除外）
第3名　明明已經11月了，卻只要穿一件T恤就夠

★ 讓人魂兒都飛了的前三名！

第1名　首里城石獅的帥氣度

第2名　一口氣把豆腐乳全吃下去

第3名　稍微舔了口泡盛辣椒醬

★ 產生嘔～的感覺的前三名！

第1名　搭乘前往波照間島的客船的時候（尤其回程路上）

第2名　看到烹調前的椰子蟹的時候

第3名　聞到山羊湯臭味的時候

★ 一定會記恨在心的前三名！

第1名　拜託與那國島上的旅館老奶奶煮山羊湯的橄欖球社

第2名　在竹富島的海岸搶先我一步對獨自出來旅行的女孩子搭訕的不正經男。

第1~~3~~名　不停延後上市時間，導致我要不斷變更出版計畫的本書作者 by SUZU。

★ 真的好失敗！前~~三~~10名！

第1名　花了四年才畫完這本書

第2名　想做石獅，卻變成邪神像

第3名　沒看過小孤島大醫生，就跑去與那國島

第4名　把林投的果實誤認成鳳梨，拍下照片上傳到部落格以後，被大家指正「那並不是鳳梨喲」

第5名　金子編輯踩到大便

第6名　在獨棟小木屋過夜的時候，遇到颱風直撲而來

第7名　還沒坐上獨木舟就掉進水裡

第8名　造訪那霸的著名市場時，遇到公休日

第9名　在那霸買了太多海葡萄，導致旅程途中得一直邊走邊吃（SUZU）

第10名　SUZU編輯忘了把井上先生帶來

救—命—呀—

獨木舟團出發！把獨木舟搬到岸邊，穿上救生衣，準備完畢！

西表島的港口。哼哼～原來島長這樣啊。這座島還挺大的嘛。不知道能不能遇到西表山貓？

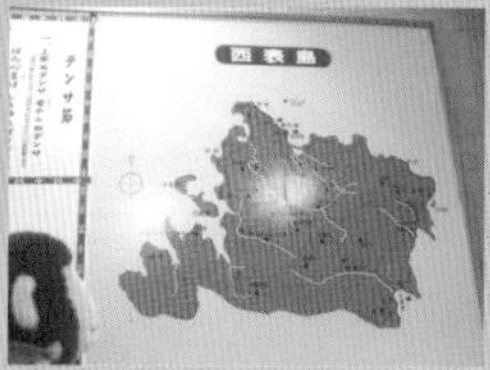

進入叢林了。由於是第一次體驗，大家都很High。喂喂喂，都說不可以用槳戳人了！

費盡千辛萬苦，總算抵達可以看到hi-na-i-saa-ra瀑布的地點了。負離子把疲勞都吹跑了。據說在當地還有另一個名為pi-na-i-saa-ra的瀑布。

在一條險峻的山路上前進。途中遇到了小小的蜥蜴。

行程裡最令人興奮的時刻，就是爬到hi-na-i-saa-ra瀑布的上方了。簡直是絕世美景！

差不多該和沖繩告別了。最後果然還是要用排骨蕎麥麵和ORION啤酒畫上句點哩。大家辛苦了！

讓人期待已久的吃便當時間。咚～白飯上放了一顆魚頭，讓人嚇了一跳……

8 之後再訪那霸，然後……

二〇〇八年一月，距離被颱風攪局的那趟沖繩之旅已經過了兩個月…
那覇空港駅
踏上
我又回來了回到南國♪度假勝地沖繩的那霸市。
咚——
這次是來參加簽書會的！
把金子和平田丟下，自己來了——
而且大家看！這刺眼的太陽！
這、這才是南國度假勝地該有的模樣呀♪
沖繩呀，為什麼你不肯在正文裡使盡發揮這股實力呢（泣）。
好——很好，這個表情很棒很棒——我要拍嘍♪
喀嚓
那臺相機哪裡來的？買的嗎？看起來好像玩具。
呵呵呵。說這個像玩具，雖然很失禮，但妳的眼睛還挺利的嘛，SUZU小妹，這個叫做玩具相機，機身和鏡頭都是塑膠做的，是一種看起來像玩具的相機…
附帶一提，這個全都是手動，連底片都要自己捲。
轉啊轉啊轉啊轉啊
因為很便宜，所以會有扭曲或出現奇怪成色的問題，不過，那反而能拍出富有韻味的時髦照片呢。
厚厚——挺好玩的呢。
是說，沖繩如詩如畫的美景太多了，我一不小心就拍過了頭。光是在國際路，1卷24張的底片，就拍掉了3卷呢。
真是傷腦筋——底片可是很貴的呢——
厚厚——這樣呀——
不是我在說，我一定可以拍出很棒的照片♪乾脆就來出一本寫真集也不錯。比畫漫畫輕鬆多了，而且應該不用像這本一樣要畫四年…
不好意思，我發現了一件事，可以說嗎？
從剛剛一直到現在，相機的鏡頭蓋一直都蓋著，那樣沒問題嗎？

這次的目的，並不是來那霸拚命拍一堆漆黑的相片，而是參加簽書會的！因此，和早一步出發去準備的工作同仁會合後，大家便往書店！
負責宣傳的田中小姐
小澎，你好。咦？怎麼有那臺相機？去買的嗎？真令人羨慕♪
田中小姐，勸妳還是別再提起這相機了！會影響簽書會的幹勁，就讓他自己獨處一下吧！
我再也不拍照了啦。
接下來，簽書會在沖繩TSUTAYA那霸新都心店開鑼♪因為沖繩的簽書會很少見，大家似乎對這活動很生疏，幸好還是來了很多人。
咕啾咕啾 塗塗畫畫
Q～～!!
簽名是長這樣—♪
還附石獅—♪
好，完成了—♪
Bon
我還畫了這些
苦瓜小澎
海人
海人小澎
石獅小澎？
結果，收到了開口笑。
謝謝。
簽書會順利結束了。
謝謝TSUTAYA各位員工的照顧—♪
真是非常感謝。
沒錯，此行僅次於簽書會的第二個重要目的是…
那麼，該去那個地方了吧！
沒錯，我們非去不可！
？
？

好—現在就衝進市場…
啊，請稍等一下。那條路上有家店引起我的興趣，我可以先去逛一下嗎？
口也有點渴…
說明一下
大家來到那霸市，都會彎來這裡逛。大部分的旅遊指南書籍，都會介紹這裡。電視上，藝人們也總是來這裡採訪。要畫旅行遊記，是不可能跳過這裡不畫的。雖然這裡真~的很有名，但在之前，我們卻因為遇到公休，無法進去裡面，真~的超失敗。
那覇市第一
マチグヮウカイ
(市場によう
當然就是這裡，第一牧志公設市場——！
有營業耶。
這次一定要逛夠本——♪
沖繩的新鮮現榨果汁！
100%的果汁喲！
苦瓜原汁 250
甘蔗汁 200
火龍果汁 250
芒果汁 200
綜合果汁 300
苦瓜100%喲！
咚——
100%
苦瓜原汁
¥250
蔗汁
雖然很有興趣…
…苦瓜會苦嗎？應該很難喝吧？
當然會苦呀。要是你想讓它變好喝，
因為是100%，要是不搖晃就會沉澱。
搖晃。
我可以幫你加甘蔗汁進入稀釋。
搖個不停。
怎樣？
不不不，把新鮮苦瓜汁稀釋掉，太浪費了！
請給我苦瓜原汁。
堅決
來，請用——
咚咚咚咚咚。
嗚哇——嗚哇——
是綠色！
那就像顏料裡的綠色！
緊張又忐忑。
外觀看起來像青汁，味道則…
幹麻用手機拍!!
照相。
照相。
照相。
嗚噁噁—好苦—！
好苦—！
慘了，這個苦得…好可怕…
嗚噁噁
呸呸呸呸呸
嗚哇！臉好醜。
大口喝
咚咚咚 咚咚。

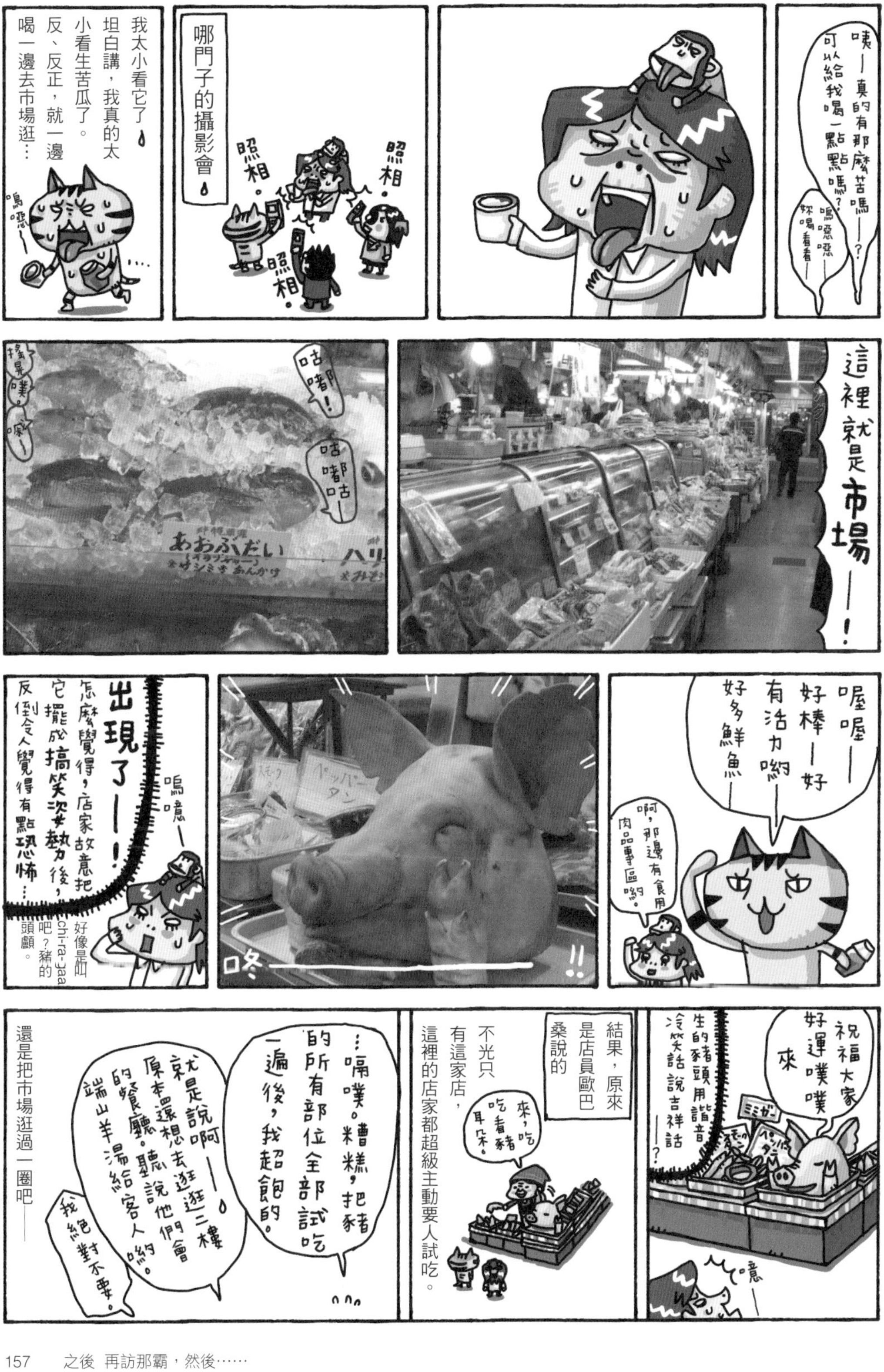
咦——真的有那麼苦嗎——？
可以給我喝一點點嗎？
嗚嗯嗯
妳喝看看——
哪門子的攝影會
照相。
照相。
照相。
我太小看它了
坦白講，我真的太小看生苦瓜了。
反、反正，就一邊喝一邊去市場逛…
嗚嗯——
……
這裡就是市場——！
咕嘟！
咕嘟咕——
搖晃噗。
嘿——
あおぶだい
喔喔——好棒——好有活力喲——好多鮮魚——
啊，那邊有食用肉品專區喲。
咚——!!
出現了——！
怎麼覺得，店家故意把它擺成搞笑姿勢後，反倒令人覺得有點恐怖…
嗚噫——
好像是叫chi-ra-gaa吧？豬的頭顱。
祝福大家好運噗噗來
生的豬頭用諧音冷笑話說吉祥話——？
ミミガー
噫——
結果，原來是店員歐巴桑說的
不光只有這家店，這裡的店家都超級主動要人試吃。
來，吃吃看豬耳朵。
…噗噗。糟糕，把豬的所有部位全部試吃一遍後，我超飽的。
就是說啊——原本還想去逛逛二樓的餐廳。聽說他們會端山羊湯給客人喲。
我絕對不要。
還是把市場逛過一圈吧——

或許是因為臉色超難看，有人主動過來搭話…
小哥，你那是100%的苦瓜汁嗎？
素～～呀…
實在苦得要命，不過你們常常喝對吧？
那種東西，就連我們本地人都不喝哩（笑）。
因為很苦呀。
哩……供蝦密——
當我們逛完市場，回到馬路上的時候，好不容易終於…
哈…哈…哈…
你的臉變得跟苦瓜一樣了。
終、終於只剩一半了——
可是，當我想說，不行了，連半滴都喝不下的時候！
現榨果汁喲～
ゴーヤーストレート
100% 苦瓜原汁
眼前出現了當初賣苦瓜原汁的店家！好吧，既然如此…
嗯？
這杯——…還是拜託妳幫我稀釋一下，可以嗎？
…啊——所以我不是說了嗎？
喏，我幫你加甘蔗汁進去稀釋，拿來給我。
謝謝啦。
拿去吧。
滿溢——
變成滿滿一罐回來了～
震驚——
原來如此，原來會變成這樣
先前我那麼拚命地喝掉它，究竟是為了什麼 真的很抱歉，特地幫我稀釋，但變成這樣，反而是另一種難喝。就像又甜又苦的青汁一樣難入口。好吧，我就帶著它回東京吧…
嗚——
結果，第二次造訪沖繩，天氣很好，但苦瓜很苦，所以是一勝一敗，兩方打成平手。（哪方面…）
不過，我也再次體認到，沖繩是一塊有趣又美麗的土地。
好——為了把這份魅力傳達給廣大的讀者們，我要在一個月左右，迅速把稿子集結成冊出版～
——然後，四年的時光流逝了——

咚的隆咚鏘！咚的隆咚鏘！
小澎
喂——快把原稿交出來，快把我等了四年的沖繩篇原稿交出來！你也該畫完了吧！
因為你不接電話，所以我殺過來了——
連出版社也都換了——！
MASCARAS
喀嚓
門開了！
遞
噔——
……苦
MASCARAS
我不是叫你給我苦瓜，是給我沖繩篇的原稿……！好臭！這個苦瓜都爛掉了!!搞什麼鬼。
嗡~
臭死了…
嗡~
嗡~
沒錯，四年的歲月輕易地就腐蝕了當初從超市買來當漫畫資料用的苦瓜……
不過，這一個是我五天前買來的。
隆 隆 隆 隆隆隆
可是——！和超市的特價苦瓜不同，短短四年的時間根本無法讓那個南國度假天堂沖繩的魅力有絲毫衰退呀——啊啊。今天石垣島的海水應該也是又湛藍又美麗呀——啊啊！
嘎嘎~~!!
關上！
所以說，妳再等我一下。
啊！
就這樣，歷經千辛萬苦總算完成了嗎！
唰——
喂，不准逃——把原稿交出來！
咚的隆咚鏘，咚的隆咚鏘…
嗡——
衷心期盼可以將隔了四年的沖繩魅力傳達給各位讀者…

TITAN 102

澎湃野吉旅行趣 ❹

沖繩 我沖過來了！

澎湃野吉◎圖文　蕭嘉慧◎翻譯・Iris ◎手寫字

出版者：大田出版有限公司
台北市 10445 中山北路二段 26 巷 2 號 2 樓
E-mail：titan3@ms22.hinet.net
http：//www.titan3.com.tw
編輯部專線：（02）25621383
傳真：（02）25818761
【如果您對本書或本出版公司有任何意見，歡迎來電】

總編輯：莊培園
副總編輯：蔡鳳儀
執行編輯：陳顗如
行銷企劃：張家綺 / 高欣妤
校對：黃薇霓 / 鄭秋燕
美術：theBAND・ 變設計— Ada
初版：二〇一四年（民 103）八月三十日
定價：290 元
印刷：上好印刷股份有限公司 (04)23150280
國際書碼：978-986-179-341-2
CIP：861.67/103010806

※ 本書根據 2007 年 11 月及 2008 年 1 月的沖繩之旅體驗描繪而成。